新潮文庫

路地の子

上原善広著

路地の子＊目次

第一章　昭和三九年、松原市・更池　7
第二章　食肉業に目覚めた「突破者」の孤独　41
第三章　牛を屠り、捌きを習得する日々　75
第四章　部落解放運動の気運に逆らって　109
第五章　「同和利権」か、「目の前の銭」か――　135
第六章　新同和会南大阪支部長に就く　185
第七章　同和タブーの崩壊を物ともせず　229
おわりに　267

路地の子

本文中に登場する人物名は一部、仮名にしてあります。

第一章

昭和三九年、松原市・更池（さらいけ）

午前八時を少し回った頃、屠夫長（とふちょう）の為野留吉（ためのとめきち）が、職人たちに怒鳴った。

「ええか、いくでッ」

職人たちは「よっしゃ」「おう」と、自らに気合いを入れるかのように怒鳴り返した。ガラン、ガランと始業を知らせる鐘が鳴る。

為野が手にしているのは、大工が基礎工事に使うような大きな鉄のハンマーで、その先には親指ほどの、三角錐（さんかくすい）の突起が付いている。

天井に達して、行き場をなくした湯気は、また下へと巻き戻されて場内を白く染めていた。牛や豚は、人間よりも体温が高い。とばが普通の工場と違うのは、牛や豚が割られたときに放つ熱のため、温かく感じられる点だろう。それゆえ場内には夏場でも湯気がたちこめ、異様な熱気に包まれていた。

まず一頭目が、二人の引導によって引き出された。

床は強固な石造りで、排水できるようになっている。側面は右側がタイル張りで、左側は檻状の扉だ。牛はうなり声を上げている。

牛が引きずり出されると同時に、為野はいつものように、何のためらいもなく勢いよくハンマーを眉間に叩きこんだ。

「ここで可哀そうや、思たらアカンで。動物やから、牛もそれがわかってすがってくる。そうなったら手元が狂って打ち損じる。その方が余計に可哀そうや。だから一発で極めたらなアカン」

四五歳になる為野は、そう教えられてハンマーを振るってきた。

しかし今はもう、可哀そうやとは微塵も意識しなくなった。人間の慣れというのは便利なものだと為野は思う。

このノッキングを担当する者の一瞬のためらいは、失敗したときに牛が猛烈に暴れる結果を招く。だからノッキングは、とばの中でも経験豊富な職人に任される。この一撃がとばの始まりであり、そしてもっとも重要な局面だからだ。

一日二〇〇頭以上割ることもある大阪松原市のとばでは、交代があるとはいえ、疲労などによってノッキングが失敗、または並んでいた牛が暴れて場外へ逃げ出したときは、それこそ大騒ぎになる。みな作業をいったん中止して、男衆は総出で牛を追いかけなければならない。逃げた牛を追うとき、男たちの血はたぎる。

暴れ牛は路地の中を駆け回るので、目撃した路地の住民たちの指さす方向へ男衆は手分けして追いかける。指図するのは屠夫長の為野だが、追跡が長引き、年で足が追いつかなくなると、比較的若手のベテランが代わりをつとめる。

最終的にはリヤカーや軽トラなどで囲って捕まえるのだが、牛が逃げたときは、それだけで一日が終わってしまうこともある。

しかし仲卸業者の買ってきた牛を割り、二つの枝肉にして、再び仲卸に渡すのがとばの仕事だ。だから牛が逃げて一日が無駄になると、業者から苦情が出る。

できるだけの努力はするが、逃げるものは逃げる。これはいくら策を講じても年に一、二度はあった。

牛が逃げたとき、職人たちも一時は大騒ぎするが、普段の作業は冷静そのものだ。ただ淡々と目前に運ばれてくる牛を捌くことにだけ集中しているので、時間の方が勝手に過ぎていく。

檻に入れられた牛の中には、最初から嫌々とクビを振り、興奮しているのがいる。そういうとき為野は、牛の頭をよくなでて、自らの手を舌で好きなようになめさせてなだめる。そして静かに牛の目に手をやってつぶらせると、不意にハンマーを打ちおろす。

もろに眉間を打たれた牛は、一瞬で失神し、脚を宙に浮かせドッと崩れ落ちる。途端に左側面の檻状の扉が開けられ、倒れた牛はザーッと音を立てながら職人たちが待つ解体場へと滑り落ちていく。

下で待っている職人たちは、みな一様に長袖（ながそで）シャツに大きな前掛け、長靴という出（い）で立（た）ちだ。牛の骨や蹄（ひづめ）、自ら振るう包丁での怪我（けが）にそなえて、たいてい夏でも長袖で通す。

しかし、手首まである長袖だと動きづらい。そのためそれぞれ工夫して、肘（ひじ）の下までの微妙な位置に袖をまくり上げている。後の工程の職人たちは、とりあえず一頭目が来るまでは前工程の様子を見ながら待つ。

まず、第一工程の職人が、ノッキングで開けた眉間の穴へ、二メートル以上ある籐（とう）の棒を刺し込んでいく。こうして脊髄（せきずい）の神経を破壊すると、牛はもう大きくは動かなくなる。

ノッキングが甘かったり、何らかの原因で牛が再び息を吹き返して暴れた場合を想定し、籐を持つ職人の手元には、いつもハンマーが用意されている。まだ牛に意識があり暴れている場合は、さらにそのハンマーで打撃を加えるのだ。

籐で神経を切り、脚の動きが止まるか止まらないかのうちに、次の職人が首の動脈を素早く切り開く。

尻の辺りで待機していた別の職人は、後ろ脚のアキレス腱に大型の「チンチョウ」という鉄製のフックを撃ちこみ、鎖で天井へ引き上げて逆さ吊りにする。チンチョウは別名「エス」とも呼ばれるが、これはその名の通りS字形をしているからだ。

牛が吊り下げられると、次の職人が駆け寄り、頸椎を探りながら皮一枚残して頭部を切断する。

前脚は最初にぐるりと切り込みを入れておき、そこからさらに深く包丁を差し入れながら、関節に当たりをつけて切断していく。そして最後にちょん、と切り込みを入れると、牛の頭部は見事な切り口を見せながら切り離される。

放血を終え、再び床に下ろされた牛は、つっかえ棒に支えられた仰向けの状態のまま、皮剝ぎ用の小さな包丁でするすると器用に皮を剝かれる。

その間、約五分。このとき後ろ脚の膝下も、別の職人によってほぼ同時に切り取られる。

タイル張りの床に設けられた溝にそって、牛は次の工程に進み、腹を割って内臓が引き出される。頭と内臓はそのまま女たちの元へ運ばれ、頭は頬肉などを取り、内臓は大量の水で洗われる。

ここにきて、牛はようやく完全な肉塊となる。

次に外国製の巨大なノコギリを持った職人二人によって、背骨を真ッ二つ、縦半分に切断された肉塊は、さらに真横に切断して四等分される。

とばの作業というと、最初のノッキングや、皮剝ぎの見事さがよく引き合いに出される。

確かにこの二つはベテランが担当し、とりわけ皮剝ぎの見事さは素人衆からも感嘆される、花形の持ち場といってよい。しかし当時は、この手作業による背割りもかなりの技術が必要だった。

何より二人でタイミングを計って、巨大な背骨の芯をきれいに切断し、二つの肉塊に背骨を残した状態にしなければならない。包丁やナイフで切れる部分ではないから、ド真ん中に正確にノコギリの歯を当て、一気にザッと素早く引かなければきれいに割れない。何より職人二人が息を合わせる必要があるのだ。

一つの背割りが終わると、すぐに皮剝ぎされた次の牛が運ばれてくる。

職人たちは終始無言で、互いに競争するかのように、次々とやってくる牛を一つの巨大な肉塊へと加工していく。

少し時間が空くと、職人たちは腰に付けた棒ヤスリに包丁を撫でつけるようにして刃を研ぐ。よく切れる包丁は作業を早め、怪我を少なくするからだ。

やがて、工程が順序よく進んでいくと、体の温まった職人たちから冗談の一つも出始める。

巨大なノコギリで背割りをするのは、杉本俊介と杉本喜美雄の二人組で、いつもこの二人からお喋りが始まった。二人は二二歳の同級生で、中学一年のときから、一緒にとばに出入りし始めた。姓は同じだが、兄弟ではない。

「お前、前の晩、一人で飛田いっとったらしいの」

「はあ、なんで知っててんねん」

「為野のおっちゃんが言うとったで。お前、知らんうちに見られててんや」

「なんや、為野のおっちゃんも来てたんか」

「ちゃうちゃう。為野のおっちゃんに、もうそんな元気あるかい。おっちゃんの親戚が、飛田にあるさかいな」

「為野のおっちゃんも余計なことしゃべりくさって」

一つ背を割ると、また次を割りながら、二人は時に沈黙し、時に思い出したかのように会話を交わしながら作業を続けた。

とばの職人といっても、みな最初からこの職に就いていたわけではない。松原の更池にあるこの頃のとばの職人は、いずれも更池の路地に生まれ育った者だったが、とばの仕事に就くまでには、他の仕事を経験している者も多かった。機械工場で働いていた者もいれば、トラックの運転手をしていた者もいるし、中には極道だった者もいる。

しかし八割以上の住民が食肉業に就くこの路地では、まるでサケが生まれた川に戻ってくるかのごとく、最終的には食肉関係の仕事に就いていた。

幼い頃から作業を見て育った勝手知った仕事であることと、学歴がなくても安定した収入が得られること、また職人同士は、親しくなくともみな顔見知りだったからだ。

他の職に就いた出戻り組が多いのは、ここが彼らにとって結局は、もっとも居心地のよい場所だからである。たとえ人様から路地の者で屠畜を生業にしていると蔑まれようとも、怪我が絶えなくとも、ここではみな同じ境遇だ。

路地の者たちをさらにとばに惹きつけるのは、午前中に仕事が終わるという気楽さも大きかった。

中には夕方から極道を兼業している者もいたが、極道だからといって、とばの中では他の職人と何の差別もない。極道は夜通し賭場を開いて、薬物を打ってとばにくるので、体が瘦せて顔色が青くなっている。だから陰でヤク中と馬鹿にされることはあっても、当人が大きな顔をすることはない。

職人はみな一様に前腕が発達していた。包丁を持つ指は、皮や肉塊を引き剝がすために折れ曲がった形で固まってしまったかのように、節々が太くゴツゴツと変形している。この手になったら、もう他の仕事に就くことはない。

とばで内臓を処理するのは女の仕事だ。

六七歳で現役の坂下シゲは、とばで働いている者の中で最年長だった。牛のツラ剝きだから、着物の袖をまくって牛の頭から次々と皮、身などを切り取っていく。

とばは、松原市による市営だったが、更池のとば労働者が公務員となるのは昭和四三年からで、この当時の職人は徒弟制だった。親方、子方に分けられていたので、定年などあってないようなものだ。腕の良い職人は重宝なので、本人に働く気があり、屠夫長も認めれば、建前上は何歳まででも働ける。

とはいえ重労働だから、男たちはたいてい、続いても六〇過ぎになると引退する。

午後一時をまわる頃だった。

もう、この日の作業は終わっていた。

一日に牛で二二〇頭、豚二四〇頭が、松原のとばで処理されるだいたいの平均だ。東京芝浦、大阪西成の津守、羽曳野についで日本で四番目の規模を誇る。

六〇軒あまりの仲卸業者が買ってきた牛や豚を割るのだが、頭数は日によってまちまちで、多いと午後三時頃までかかることもある。

休まずにやらないと集中力が途切れて怪我をするので、朝八時頃に始まるとぶっ続けで牛を割っていく。長く休むと体が強張って、温まるのに時間がかかる。頭数が多い日はさすがに昼食休憩を取るが、それも一五分ほど、関東煮に中華そばを入れたものか、アブラカスという牛の腸をカリカリに揚げたものを入れたうどんを立ったままかき込む。

決められた頭数を終えると、ようやく掃除が始まる。

ホースからの放水によって、床や壁にこびりついた血や脂を取っていく。取りきれないものは各自の持ち場で、ブラシやタワシを使ってさらに磨く。それでも目の届かない箇所には、血と脂が、カチカチのドス黒い塊となってこびりついていた。

ブラシで床についた血や脂をこすり取る者や、解体台をタワシで削るように磨いている者たちに掛からないよう、屠夫長の為野は器用に、勢いよくホースから出る水を床や壁、解体台へと撒いていった。

勢いのある放水に加え、肉塊を吊り下げるための金具が激しくぶつかり合うため、話をしたい者はくっつくようにするか、怒鳴らなくてはならない。

まだ冷めない場内の熱気のせいか、撒かれた水は水蒸気となって、さらにもうもうと立ちこめていくが、やがてそれも冷やされて、場内の空気までもが浄化されたようになっていく。


床をブラシで磨いていた皮剝ぎ担当の坂下冬彦が、ふと立ち止まって為野に向かって叫んだ。

「留さん、あれ……」

「なんや冬彦、聞こえんわッ」

自分の声が届いていないと知った坂下は、ブラシを握った手を止め、少し疲れたように突っ立った。

坂下が、目上の為野のことを「留さん」と下の名で呼ぶのは、路地では為野を含め、同じ姓をもつ者が多いからだ。年をとって世間が広くなれば、路地では自然とそう呼ぶようになっていく。もっとも、一家族だけしかない姓の場合は、苗字で呼ぶこともある。これは江戸時代から近代にかけて路地に移り住んだ「入り人」だ。

三七歳になる坂下冬彦は、寡黙だが、腕の良い職人で知られていた。

皮剝ぎはもちろんのこと、ノッキングから籐を刺し込む神経切り、巨大なノコギリを使った背割り、前脚と後脚の腱切りも見事なもので、誰が休んでも、どの工程でも代わりが務まる貴重なベテランだ。初めてとばに働きに来た者は、あまりに容易に皮を剝ぐ坂下の仕事ぶりを見て「とばの仕事は意外に簡単なものだ」と舐めてかかってしまうほどだった。

包丁を研いでいるところを、坂下は誰にも見せたことがない。とばでは有名な話だ。仕事に集中するため、朝食は砂糖を入れたインスタントコーヒーだけしか取らない。満腹だと動きにくいからだ。坂下は徹底して職人だった。小学校を卒業することなく、一〇歳から雑用係でこの道に入った筋金入りの職人だった。

自分の役割を終えると、とば内にある食堂で関東煮、ミノ、フク（牛の肺臓）などの内臓の天ぷら、牛アキレスのこごりなどをつまみに、きっちり三合の酒を飲み、その後は団地の四階にある自宅か、妻が営んでいる喫茶店のカウンター奥に座って、さらに酒を飲むのを唯一の楽しみにしていた。若い頃はみなと連れだって飛田まで足を伸ばすこともあったが、三七歳になった今では、もっぱら呑むことだけを楽しむようになっていた。

「あれ、危ないんちゃうか」

そんな坂下が「あれ」と指さす方に為野が顔を向けると、二人の少年がブラシを片手に立ち止まって向かい合っていた。

「なんや、どないしたんなら……」

ホースをだらりとたらし、近づきながら訊ねる為野に、坂下は普段の声にもどって言った。

「なんや知らんけど、揉めてんやろ」

「なんで揉めてんねん」

「知らん」

「ケンカか」

「多分」

チッと舌打ちした為野は、水が出たままのホースを放り出し、独特の歩調で二人の少年に向かって歩き出した。床がタイル張りだから、気を抜くと滑って危険なのだ。

ガキの揉め事に関わりたくなかった坂下は、再びブラシで床を磨き始めた。

少年二人は、とばに時間給で来ている見習いだった。

背の高い方が武田剛三で、小柄なのが中学三年の上原龍造だ。

中学生の龍造と屠夫長の為野は、親戚筋にあたり、互いに「為野のおっちゃん」、「龍ちゃん」と呼び合う仲だ。確か剛三の方が三つ年上だったなと、為野は思いだしていた。

それまで睨み合っていた二人が、屠夫長の為野が近づいてきたことに気づいたのは、同時だった。

為野をちらっと見た上原龍造は、腹にまいたサラシからさっと牛刀を抜いた。

ハッとしたのは為野と武田剛三で、剛三が後ずさりするのと、為野が滑らないよう、靴底いっぱいを床につけて駆け出したのとが同時だった。

「なんや、おんどれ。ドス出してどないしよう言うねんッ」

牛刀を避けた剛三が引きつった顔で叫ぶと、ぎらりと睨み返して龍造が怒鳴った。

「お前が来い言うたから来たっただけやろが。今さら命乞いしても遅いわ。そこでジッとしとれッ」

両手で持った牛刀に力を込めて龍造が突進すると、本気とわかった剛三は、声にもならない声を上げて、とばの外へと逃げ出した。

「待てコラ、ジッとさらせ言うとるやろッ」

龍造が叫びながら追いかける。

顔を引きつらせた為野は、二人の後を追いながら叫んだ。

「龍、それはアカン。二人ともちょっと待てッ」

ハンマーの一撃を外された雄牛のように猛(たけ)り狂った龍造にはもう、その声は届かない。剛三の背中しか見えていなかった。

追われる剛三は外へ出ると、そのままとばの壁づたいに走った。龍造は無言のままそれに続く。

後を追って懸命に走る為野だが、四五歳の足では少年たちに追いつかないと悟って応援を頼んだ。

「おい、俊介、喜美雄、冬彦ッ。誰でもええからあの二人を止めえッ」

掃除の手を休めずに、ことの成り行きをニヤニヤ笑いながら見ていた職人たちは、我に返ったかのようにワッととばの出入口に詰めかけた。

職人同士のケンカは日常的だったので慣れていたが、屠夫長の為野の悲鳴に似た叫び声により、尋常ではないケンカだと知れたのだ。

「そっちへ回った。追いかけえッ」

為野が指さしたかと思うと、その反対方向から剛三と龍造が走ってきた。

一同が、びっくりして振り向いた。二人は広いとばをぐるりと一周りしてきたのだ。剛三にしてみれば、とばから離れては、いずれ追い付かれて本当に刺されてしまうと思ってのことで、路地の中ではなく、とば近くを走ってさえいれば、職人の誰かが止めてくれるはずとの必死の計算だった。しかし雄牛のように猛り狂った龍造には、ただ剛三しか見えていない。

剛三はさらにぐるっと壁を回って、とばの側面に出た。まだ固まっていない脂がこびりついた長靴が、砂利を踏んで滑っていく。

そこにようやく、俊介と喜美雄が追いかけてきた。

為野はさらなる応援を呼びに行く。内臓洗いの女衆も含め、総勢五〇人ほどの職人たちが集まってきたが、そのほとんどは見物組だ。

「誰か止めてくれッ」

剛三は叫びながら、さらにとばの裏へ回った。

龍造との差は縮まりつつあった。追いかける俊介は「人間てこんなに速く走れるもんか」と思った。ついて行くのがやっとだ。

為野の目に再び、必死の形相の剛三と、それを追いかける龍造の姿が映った。二人はとばを二周してきたのだ。

「あれや。止めえッ」

為野の声に、出入口に集まっていた職人たちはワッと、二人に突進した。

一〇〇キロの枝肉を一人でかつぐ職人のタックルに、さすがの龍造ももんどり打って倒れた。まだ真新しい牛刀は、龍造の手から離れ、砂利道にキラキラと光りながら飛んでいった。


「このキチガイめ、オレを殺す気かッ」

砂まみれになりながら、立ち上がった剛三が怒鳴ると、七人ほどの屈強な職人たちに抑え込まれた龍造は、剛三を睨み据えながら「殺したるッ」と叫んだ。

「アホか、気ぃでも狂ったか」

剛三が吐き捨てるように言うと、そこへようやく屠夫長の為野が割って入った。

「もうええから、二人ともやめえッ」

一八歳の剛三は、そうはいっても極道の見習いであり、とりあえず食うために、午後は時間が取れるとばに働きに来ているに過ぎない。

そんな剛三を、中学三年とはいえ、学校にも行かずとばに見習いとして働きに来ていた龍造の、常軌を逸した行動に、大なり小なり武勇伝をもつ職人たちも「末恐ろしいやっちゃ」とみな呆れ返った。

為野は二人を引き離すと、龍造を連れて錆ついた階段を上がり、中二階にある事務所に入った。

「龍、どないしたんなら。剛三はああ見えても極道やど。それはお前も知っとるやろ」

龍造は黙っていた。

「おっちゃんにワケ、話してみぃ。何があったんや」

「どうもこうもない。向こうから仕掛けてきたんや」

事情を聞くと、極道に出入りするようになり羽振りが良くなった剛三が、年下というのに生意気で、言うことを聞かない龍造をメるために呼びつけたのだとわかった。

剛三からすれば、年下が言うことを聞くのは当たり前のことだったし、突破者で知られた龍造とはいえ、それでは己のメンツが立たないことゆえ、呼び出したまでだ。

ガタイで優る剛三は、ケンカで負ける気はしなかった。ケンカになるとまず職人たちが止めてくれるだろうし、何ならいつも持ち歩いていた拳銃でも出せば、さすがの龍造も怖気づいて一瞬で片が付くと二重、三重にも計算していたが、まさか先にドスを出されて気勢をそがれ、追いかけられるとは思わなかった。

龍造の言い分は、ただ「ガタイでは負けるから、これはもう殺すしかないと思った」というものだった。

「ほんだら、脅そう思って、最初から持ってたんかいな」

「いや、ホンマに刺すつもりやった」

為野はそれを聞いて、呆れて言った。

「龍ちゃん、そんな突破なこと言うなッ。剛三にはワシからよう言うとくから。とにかく、そんなアホなことで将来を台無しにするようなことだけはすな。死んだお母ちゃんも、あの世で泣いてるでぇ」

階下で職人たちに囲まれ、砂まみれになっていた剛三は虚勢を張ることも忘れ「上原にはかなわん。とんだコッテ牛やあれは」と言うしかなかった。

コッテ牛とは河内（かわち）地方でよく使われる言葉で、主に丑（うし）年生まれで、手のつけられない暴れ者をそう呼ぶ。「牛と龍で敵なしや」という祖父・豊松の一言で龍造と名付けられたが、その名に負けない悪童ぶりだった。

数えきれないほど職人たちのケンカを見てきた坂下冬彦は笑いながら、

「剛三よ。あれはホンマに刺しにいっとったぞ。もしお前があそこでピストル出しても、龍造が刺しても、少年院は確実や。せやから逃げた方が正解や。お前はそのへん、頭がよう回る。龍造はホンマもんの気違いや。もう相手にせんと放っとけや」

そう剛三を立てながら慰めた。

更池は商都大阪の郊外にある松原市の路地で、上原姓は、路地では二軒しかない。だから上原が「入り人」であると知れたが、それは江戸時代後期のことで、大阪南部の河内地方は昔から人の出入りが激しく、路地への移入が少なくなかった。

明治に入ってから作られた戸籍には、明治二年(一八六九)、和泉にある南王子村という路地から、更池の上原安二郎宅へ養子が入ったとある。南王子村は、信太の森の社を守る伝説をもつ古い路地で、安倍晴明が人と狐の間に生まれた伝説で知られる。「食肉の町」として栄えた更池とは対照的に人造真珠で成功した路地で、大阪の花街の一つ、信太山遊郭に隣接している。

もともと更池に住んでいた上原安二郎は農業をしながら、副業としてアブラカスや毛皮などを和歌山辺りにまで行商に行っては、現金を得ていた。しかしそれは、生活のためというよりは遊びに目がないことからくる日銭稼ぎで、丁半やチンチロリン、花札などの賭場通いはもちろん、買うのも盛んで、街道沿いの南王子村にまで遠征するのは信太山遊郭が目当てだった。

それが縁で、木下という家から竹蔵という男の子を養子にもらってきた。上原安二郎には子種がなかったからだ。

上原龍造の祖父の豊松は、安二郎が南王子村からもらった養子、竹蔵の子にあたる。豊松は農業をしながら、日銭稼ぎに靴の販売と修理を自宅で細々とやっていた。それも息子である豊春の体が弱かったためで、豊春も一〇代になると父親の豊松に教えられて、一人前の靴職人になっていた。

路地では江戸時代から死牛馬の処理を独占しており、それを取り仕切っていたのは、昔からの路地の地主である杉本をはじめとする四つの家の者であった。

路地の住人の多くは土地持ちだったが、相変わらず副業として牛肉、毛皮取り扱いを職業としていたのは日銭が稼げるからである。

この頃にはすでに死牛馬の処理も自由に行えるようになっていたが、新たな参入はほとんどなかった。その他の仕事といえば日雇い、下駄作りと下駄直しくらいしかなかった。近くの墓場には「おんぼさん」と呼ばれる死体を扱う者が住み、西除川（にしよけがわ）の橋の下に、どこから流れてきたか乞食（こじき）が一人住んでいるだけの、牛の糞（ふん）くさい路地だった。

上原の家は土地持ちだったので、明治以降も牛肉取り扱いだけはせず、半農で下駄作りと下駄直し、のちには靴の修理などをしていた。食肉を生業としなかったのは、できるだけ路地の者として後ろ指を指されまいという意識があったからだが、世間への抵抗もそれくらいがせいぜいであった。

豊春が成人すると、豊松は隠居して働かなくなり、将棋を指すばかりでなく、賭場への出入りも激しくなった。もともと風体には構わない変わり者で知られ、路地の中にあった風呂屋にいって一番風呂を楽しむと、浴衣を肩に引っかけ、ふんどし一丁で路地を歩きまわった。

「豊松っつぁん、ふんどしの横から大事なもん見えてんでッ」

路地のお婆連中からそう囃されても、「へへへ」とただ笑うばかりだったが、賭場に手入れがあると器用に屋根伝いに逃げるので「ああ見えて案外、すばしっこいで」と路地でも有名だった。

しかし、付いたあだ名は「亀さん」。これは三歳の頃に天王寺で迷子になり、四年くらい農家を転々と暮らしていたときにそう呼ばれていたのが、身元がわかって路地に戻ってきてからも面白おかしく引き継がれたのである。

風呂屋のある場所は、もともと路地の庄屋であった杉本家の邸宅で、座敷牢もあるほどの豪邸だった。戦後の農地改革に絡んで取り上げられてからは、公衆浴場になっていた。

銭湯の前に「かっちゅう長屋」と呼ばれる長屋が並んでいた。

これは慶長一九年（一六一四）大坂冬の陣、同二〇年（一六一五）夏の陣と戦が続いた頃に建てられたと伝えられる古い長屋で、住人たちが牛皮をなめして甲冑を作っていたところから、そう呼ばれるようになったのだ。

龍造が物心つく頃までかっちゅう長屋はあったが、すでにその名を伝えるだけで、実際にはせいぜい靴屋に下駄直し、紙芝居屋が住む貧乏長屋であった。かっちゅう長屋には親戚も住んでいたので、龍造も幼い頃から出入りしては、祖父の真似をして屋根にのぼったりと、格好の遊び場になっていた。

豊春の妹マイが、まだ一八の娘だったときのことだ。

ある夜、北の方がひどく明るく光っているのを見てマイは驚いた。

路地の者たちもみな外に出てきたが、地震のように響いてくる轟音に、大阪市内が空襲に遭っているのだとすぐにわかった。ただ大阪とはいえ、牛くさいド田舎だった更池の路地が爆撃を受けることはなかったうえ、ほとんどが農地だったので、戦争が終わっても市内の人間ほど食うには困らなかった。

龍造が生まれた昭和二四年は、まだ敗戦の影響で生活はどこも苦しかったが、大阪市内は復興しつつあった。やがて西日本各地から、仕事を求めて農家の次男、三男以下が押し寄せ、大阪市内からあふれ出た者たちは、路地の仕事を手伝うようになっていく。

世情が落ち着くと、市内は賑（にぎ）やかさを取り戻していったが、農業主体の河内だけは取り残されていた。

そこで路地の者たちは離農して、明治時代からあったとばを基盤に、盛んに食べられるようになった牛肉の取り扱いを専門にする者たちが出てくる。市内の復興が進むのに時を合わせるように、路地では多くの者が食肉業に就くようになったが、世情に疎（うと）く、食肉業だけは忌避していた上原の家では、相変わらず農業と靴直しだけで生計を立てていた。

母・文子のことを、龍造はうっすらとしか覚えていない。

屋敷の前で関東煮屋をやって食べさせてもらったこと、死んで棺桶（かんおけ）に入れられていたこと、着物を路地とは違う、変わった干し方をしていたこと――を覚えているだけだ。

「洗い張り」といって、着物を反物に戻し竹ひごでピンと張って干す。文子の郷（さと）は丹後ちりめんで有名な京都の宮津だったから、そういうところは妙にきっちりしていた。ただ、三歳やそこらの龍造にそこまでの記憶が残っているはずはない。育ての親の叔母のマイや、父親の豊春から聞いた話が、そのまま亡母の記憶と重なって、意識の中に沈殿していったのだろう。

確かに家の前で関東煮や駄菓子を売っていたのは文子だが、亡くなってからは祖母のトヨノが引き継いでいたし、桶桶についても、後から聞いた話で夢に見たのを覚えているだけだ。洗い張りの光景も、母親の墓参りに行ったとき宮津で見て、父親違いの姉から聞いた話がもとになっていた。

文子は長身のすらりとした美人で、宮津に四つある路地の中でももっとも古い歴史をもつ路地で生まれた。そのため文子も幼い頃から「キツネの子」と言ってはいじめられ、学校もろくに行かなくなってしまったのだ。

文子は、なぜ自分が「キツネの子」と言われるのかわからなかった。周囲でもその理由を知る者はほとんどいなかったので確たることはわからないが、陰陽師安倍晴明が狐と人間の間に生まれたという伝説があるように、当時キツネは妖力をもつと信じられており、そのため人外の者たちが住むとされていた路地の住人は、周囲からそう呼ばれるようになったのだろう。

それが文子の不幸の始まりで、前夫は極道で博徒をしていたが、家内での暴力が凄まじく、文子は一人娘の小夜子とともに実家に逃げ帰ったのだった。ほどなく離婚すると、すぐに大阪の路地の豊春のもとへ嫁ぐことになった。

この斡旋をしたのは、牛の腸をはじめミノ、ハチノス、フクなどのホルモンをカチカチに揚げたアブラカスを更池から宮津まで行商に出ていた北田繁蔵という人だった。三五歳の豊春と同い年の友人で、文子には豊春のことを、「大阪のワシの郷に、マジメな独り者がおる」と話していた。

真面目というよりは女所帯に生まれたうえに体が弱く、畑仕事ができなかったから、自宅で下駄や流行り始めた革靴作りなどをして婚期を逸していた豊春に、という話でまとまった。

実は見合いの話は幾度もあった。それでも、一応は路地の地主である上原家で唯一の跡取り息子ということで、父母がうるさかったのだ。そのうえ豊春本人も意外に面食いでなかなかウンと言わなかった。

北田繁蔵の口利きで大阪へ両親と出てきた文子は、自分よりも背の低い豊春を見て、「なんや、頼んない人やな」と思ったが、農家の長男で食うには困らないということで即決した。豊春も美しい文子を一目で気に入り、話はとんとん拍子に進み、そのまま文子は大阪にとどまって上原に嫁いだ。文子の父親も宮津で下駄直しを生業にしていたので、路地の者同士という気安さもあった。

文子の父親は、酒さえ呑まなかったら腕の良い下駄職人だった。しかしドサ回りの芸人たちがやってくると仕事そっちのけで入り浸るほどの芝居好きで、文子を大阪へやったのも、娘に会いに行くという口実を設けて、大阪で人形浄瑠璃(じょうるり)、歌舞伎(かぶき)、落語に漫才と、芸事に目がなかったからである。

嫁ぎ先にやって来る義父に酒を持たせて出してやるのはいつも豊春で、そのため父親は文子に「お前の旦(だん)さんは根がやさしいから、お前もええとこに嫁いだ」と妙な褒め方をした。

家で細々と靴の修理、販売をしながらも、土地を売って暮らしの足しにしようとする夫の豊春に、何とか土地を売らずにすむ方法はないかと、文子は考えるようになった。上原家の長男として生まれた龍造に、少しでも土地を残しておいてやりたかったからだ。

屋敷の前で関東煮屋を始めたのもそのためでコンニャク、チクワ、家の畑で採れるゴボウ、ダイコンや、クジラの皮のコロ、牛スジを煮込んで売っていた。これは学校帰りの中高生がよく買ってくれたが、それでも売り上げはタカが知れている。

そこで文子は、妙案を思いついた。

「あんた、靴を月賦払いにして売ったら、よう売れんとちゃうか」

「アホ言うな。ここら辺は貧乏人ばっかしやのに、月賦なんかにしたら、踏み倒されるのがオチや」

「ぐだぐだ言いなさんな。集金はウチがやるから、あんたは靴だけ作ってくれたらええねん」

トヨノという姑に、マイと良子という小姑二人までもれなく付いてくる家で、おまけに嫁いでからしばらくして前夫が宮津から金をせびりに来たりしたものだから、文子は嫁いでからも心が安まらなかった。前夫は追い返したが、女四人が一つ屋根の下にいるのは息苦しく、外に出られる靴の月賦販売を思いついたのだった。

大柄で向こう気が強く活発だった文子は、豊春が作った靴を持って、ツテのある和泉の南王子村まで一人で行商に出た。外にいる方がよほど気が楽だったし、靴が売れる売れないに関係なく、女だてらに一杯ひっかけてから帰ると少しは気が紛れた。酒好きは父親譲りだった。

自分から提案した手前、文子は集金だけはキチッと詰めた。

月末に販売先に顔を出すのはもちろん、他にも借金があって夜逃げした相手にも容赦なく、役所に行って戸籍を挙げては追跡した。

しかし文子の奮闘も虚しく、やがて豊春は屋敷以外の土地もすべて、生活のために売り払ってしまったのだった。

文子は亡くなる少し前、まだ幼い龍造を連れて、故郷の宮津へ里帰りすることになった。

お腹の中にはすでに二人目を身籠っていたが、前夫との間にできた娘、六歳の小夜子を宮津の実家に預けたままにしてあったので、時々は閑をもらって帰っていたのだ。天橋立をもつ日本有数の景勝地から嫁いだ先が牛の糞臭い更池という地だったこともあって、文子にはどうしても馴染めなかった。むろん姑に小姑が二人いるのも厄介なことだった。

身重のうえに、龍造を背負って宮津の実家から大阪に戻って三日後、産気づいた文子は大量出血を起こして呆気なく死んだ。腹の中の赤子は無事で、後に美子と名づけられた。

更池に嫁いで五年後のことで、まだ二八歳という若さだった。

三歳だった龍造は、母の死を理解できず、葬式の日も元気に走り回っていたが、それがまた不憫（ふびん）やと周囲の涙を誘った。

小夜子はそのまま宮津の家で暮らすことになり、上原の家には龍造と美子が残された。いつも家にいる豊春とその妹たち、そして祖父母が二人の面倒を見ることとなった。文子の亡骸（なきがら）は、故郷の墓に入ることになったが、これは姑のトヨノと小姑のマイの入れ知恵だった。

龍造は小さい時分からコッテ牛のやんちゃくれで、五歳のときにはコマの付いた自転車に乗って、一人で更池から堺（さかい）をへて天王寺まで行ったことがある。

近鉄百貨店が見えたので天王寺と知れたが、もう日が暮れていたので近くにあった自転車屋に自転車を預けた。近鉄南大阪線で布忍（ぬのせ）駅近くの自宅に帰ったまではよかったが、自転車がないと、育ての親のマイに叱（しか）られる。そこで翌日、自転車を取りに電車で天王寺に向かったが、どういうわけかチンチン電車に乗って森之宮（もりのみや）まで出てしまった。

大阪城が見えたので森之宮だとわかったが、さすがにそこからどう帰ればいいかわからない。うろうろしているところを巡査に保護され、マイが迎えにきてくれた。しかしこのとき自転車で天王寺まで行ったことがばれてしまい、さらにひどく叱られた。

小学二年のときには、消防車のモーター式サイレンに手を突っ込んで遊んでいたら、どういうわけかモーターが動き出し、慌(あわ)てて引っこ抜いたときには人差し指がぶらんと垂れ下がっていた。血がだらだらと出ていたが友達の手前もあって、構わずそのまま遊び続けた。

家に帰ると、祖母のトヨノが驚いて病院に連れて行ったときにはもう遅く、破傷風になって二カ月入院した。退院して学校に戻った時には、すでに授業がわからなくなっていて、それ以来、学校にはあまり行かなくなった。だから字は何とか書けるが、今でも難しい漢字はわからない。

龍造が癇癪(かんしゃく)持ちのコッテ牛になったのは、勝気な文子の性格であろうと知れたが、一〇歳のときの出来事も影響している。

ある日、龍造が外で遊んで夕方に帰ってくると、母親代わりだった叔母の良子とマイがいなくなっていた。

荷物もなく、がらんとした部屋を見た龍造は、父親の豊春に「よっちゃんとマーちゃんはどないしたん」と訊ねた。

「嫁いでいったんや。もうここにはおらんねや」

豊春がそう諭しても、龍造はなかなか納得しなかった。

「じゃあ、オレ、よっちゃんのとこに行ってくる」

「それはアカンねや。よっちゃんもマーちゃんも、もう人様のもんになったんや。遠いところや。こまいお前には行かれへんくらい遠いところや」

良子は山一つ越えた生駒（いこま）の農家へ、マイは天下茶屋（てんがちゃや）の肉屋へと嫁いでいってしまったのだ。

龍造はその夜、泣きながら眠った。

当時はそうした事情について、あまり子供に話す習慣がなかった。先に話すと、残された龍造と美子が泣いて大騒ぎするのが、目に見えていたからだ。龍造と美子は母を亡くし、そのうえ育ての親をも失ってしまった。

いま思えば不憫なことでも、やむを得ないことだった。しかし多感だった龍造は、その日を境にちょっとしたことで癇癪を起し、ますます学校に寄りつかなくなり、年上の不良仲間とつるむことが多くなった。龍造が「コッテ牛」と呼ばれるようになったのはこの頃からで、不憫だからと周囲が甘やかしたのも一因だともっぱら路地の噂（うわさ）であった。

第二章 食肉業に目覚めた「突破者（とっぱもん）」の孤独

路地の中でもとばは、子供たちの格好の遊び場だった。コンクリートの塀はそう高いものではなかったから、龍造などは表から堂々と出入りし、やがて明日にも割られる牛や豚にまたがって遊んだ。そして次々に割られていく牛を覗き込む。それが男の子にとって一種、度胸試しの意味もあった。

大阪とはいえ、河内にある更池の路地にはまだ酪農を営む家もあり、上原家でも農作業のために赤牛を一頭飼っていたほどで、路地の中で牛が日常的に引っ張られて歩いていた時代だ。

子供たちは牛を手懐けるのに長けていたので、とばの牛にもちょっかいをかけに行ったのだが、中でも龍造のやんちゃぶりは常軌を逸しており、小学校の頃から肉を削ぎ落したあとの牛の頭を持ちだしては、それを振り回して同級生の子にぶつけては泣かせて喜んでいた。

こうして路地の子らは、幼い頃から肉牛の扱いに慣れ親しんでいたから、一度は他所で就職したとしても、また食肉業へと戻ってくるのであった。

結局、おおよそは〝慣れ〟の問題なのである。そして湯気を上げる肉塊は、なかなか他の労働者を寄せ付けなかった。ただし、食肉を地場産業にもつのは大阪にある五〇を超える路地の中でも更池、羽曳野市の向野、堺市の舳松、大阪市内にある旧渡辺村くらいなもので、路地の中でも特別なことだった。

他の路地ではおおむね、畑仕事の他には日雇いや土建が主だった。龍造の曾祖父が出た南王子村では人造真珠と瓦焼きが盛んだったし、大和川沿いの路地ではテキヤとの関係もあり、金魚の養殖をやっていた。大阪市の旧渡辺村は昭和四〇年代まで「日本一大きな路地」と言われたが、そこでも有名なのは食肉ではなく、どちらかというと皮なめし工場であった。

後年、「大阪の路地といえば食肉」と言われるようになったのは、更池と向野という二つの路地が全国でも食肉業で突出していたからである。

他の路地では差別を嫌って、食肉業をやめたところも少なくない。古くから牛肉業で知られた近江（おうみ）の路地も、昭和三〇年代以降はその職が人々に蔑（さげす）まれることを嫌って、東京に進出する者以外は、次々に廃業していった。しかし同じく食肉を生業としてきた更池と向野は、逆に「食肉の町」へと特化していく。差別されても、食っていくことを優先したともいえる。どちらも商都大阪の郊外という、立地条件も良かった。

更池は、それまで「物言わぬ路地」と言われていた。向野では戦前から水平社運動が盛んだったが、更池に社会運動はおこらず、どちらかというと龍造の育ての親のマイのように、路地であることを隠したい者が多かったため、水平社運動にも関わらなかった。この戦前の水平社運動の有無という違いは先々、事業拡大の差となって現れることになる。

龍造は、通っていた布忍（ぬのせ）小学校では腕っぷしが強くて有名で、たとえ年上でも見境なく襲っていた。あまりにてんご（いたずら）が過ぎるので天王寺、北田辺、針中野（はりなかの）にある親戚（しんせき）に預けられることも多くなり、それがまた龍造の孤独にもつながっていった。

ヘビやカエルを見つけると、生きたまま少しずつ切り刻むようになったのも、この頃からのことで、さらに路地を歩く野良（のら）猫や野良犬を捕まえては、出刃包丁でクビを落とすのを遊びにしていた。

実母との死別、さらに育ての親との裏切りのような離別、親戚の家へのたらい回しという生活は、繊細で多感な少年の精神状態を徐々に侵し、思春期にそれは爆発寸前となっていた。しかし、そうした性質は荒くれ者の多い路地ではかえって「根性がある」、「突破な奴」と映っていた。恐れるものは何一つなかった。どうせ死んでも、母親のところに行くだけだと思っていたからだ。

龍造が一二歳になる頃、上原家にマイが戻ってきた。天下茶屋で肉屋をしていた二〇歳上の松井という家に嫁いだものの、夫が亡くなってしまったからだ。

しかし、何も言わずに出て行ったマイに捨てられたと思っていた龍造が、以前のように懐くはずもなく、家にいることも少なくなっていく。体が弱く温厚な性格の父の豊春には似ず、頑固で突破なところは母の文子そっくりだった。

やがて龍造は西除川に掛かる橋の袂に出る露店でテキヤを手伝ったり、とばに出入りしては小遣い銭を稼ぐようになった。

龍造の素行を心配した出戻りのマイは、なけなしの金をはたいて龍造を地元の中学ではなく、大阪市内の矢田にあった私立の中学に入れた。

これで龍造のコッテ牛ぶりも落ち着くだろうし、学歴にもなる。ついでに地元の不良仲間とも手が切れるだろうというマイの算段だったが、龍造はろくに通うことなく、そのまま路地に入り浸ってはテキヤの手伝い、博徒の使いっ走り、とばの手伝いをして一丁前の気分だった。行動範囲も羽曳野の向野、八尾の安中と広くなっていった。

　龍造が喧嘩で松原警察署に引っ張られると、引き取りに行くのはいつも、とばで屠夫長を務めていた親戚筋の為野留吉だった。上原の家が女所帯だったのと、温厚で体の弱い豊春では、龍造は手に余ったからである。

　同姓が二軒しかなかったので、上原が江戸後期に移り住んだ「入り人」だったことは明らかだが、為野は「溜池の野」とも連想されるように、土地の人間で、上原家とは寺に残された文書で姻戚関係にあると分かる。そのため為野留吉も、龍造を心配して、何くれとなく面倒を見ていた。

　しかし、為野は字が書けない。

　昭和三〇年代の路地の識字率はおよそ五割くらいなもので、つまり二人に一人は字を知らずに育つ。為野もそのクチで、何をするにも読み書きや署名が必要な警察では、書類を見ても何もわからない。そのため、若い巡査に馬鹿にされることになる。

「あんた、字ぃもよう書けへんのに迎いに来たんか」

「へえ、すんまへん」

「まあ、しょうないな。ここに身元引受人の名前……。自分の名前くらいは書けるんやろ」

「名前もちょっと。いま、なんや、忘れてしもたんです」

「あんた、警察をなめとんのか」

そう苦々しく言い放つ若い巡査に、最初は「すんまへん、すんまへん」と大人しく頭を下げていた為野だが、横で龍造がにやにやしているのを見るとカッと頭に血がのぼった。

「このガキャ、おどれの始末で来とるちゅうのに、おっちゃんに向かってなんちゅう顔しとるんじゃッ」

とばで働いているときのクセで普段から大声なのが、さらに大声を張り上げたものだから、猛者ぞろいで知られる松原署内も一瞬にして静まり返った。

「コラッ。お前こそ、ここをどこや思とんねん。字ぃもよう書けんエッタのくせしやがって、署内で大声出すなッ」

担当の若い巡査がつい口をすべらせてそう言うと、為野の頭にさらに血がのぼった。

「なんやと、おどれ、エタて何やねん。ワシがエタやったら、おどれらはイヌやないけ。こっちが下手に出てたら、付け上がりやがってッ」

言うが早いか、為野は机越しに巡査の胸倉をつかみにかかり、そのまま二人して倒れて揉み合いになった。それを見た龍造も、間髪をいれず巡査の足を押さえに掛かる。しかしすぐに周りにいた同僚が助けに入り、反対に為野と龍造は袋叩きにされた。

「すんまへんッ、すんまへんッ」

多勢に無勢、打って変わって許しを乞う為野に手錠を掛けると、警官は二人を留置場にぶち込んだ。しかし、血を流しながらも無言で睨みつける龍造には巡査も驚き、

「末恐ろしいガキや。揃いもそろって……」とつぶやくのだった。

当の巡査が席に戻ると、待っていた上司が叱った。

「お前もアホやな。エッタにエッタ言うてどないすんねん。あいつら頭に血がのぼると、何しよるんかわからんねんぞ。下手したら、今度は数で来よる。せやから、ええようにあしろうとったらええねん。お前らはまだ若いからしゃあないけど、エッタとおんなじトコに立って物言うから、こんな騒ぎなんねん。上からキチッと、抑えといたらええねん」

その叱責は古い建物だったこともあり、為野と龍造にまで聞こえてきた。

「くそったれめ、ポリ公までエッタ、エッタて馬鹿にしよる。わしゃなんや知らん、エッタて聞くと無性に腹たって涙出てくるわ」

そう言うなり為野は、龍造の前でポロポロと悔し涙を流した。路地で生まれ、路地で育ってきた為野家代々の怨嗟だった。涙は頬の血と混じり、ひざに落ちた。

龍造はそれを見ながら、不思議に思って訊ねた。

「なあ、為野のおっちゃん。エッタてなんや」

「……そんな難しいこと、おっちゃんにわかるわけないやろ。ワシら、昔からずっとエッタだのヨツだの言われるんや」

「牛、割ってるからか？」

「おお龍、ようそんな言葉知っとんな。まあ多分、そんなところやろ。人の嫌がる仕事しとるからや。せやけど、誰が好きこのんで殺生しとる思てんねん」

「牛割るの、やめたらええやん」

「牛割るの止めて、ワシらどう生活していくんや。今日び大阪で田圃と畑だけでは銭にならせんで。自分とこが食っていくので精一杯や。他村のもんも白い眼で見よるさかい、他に仕事いうたら土方に靴直しと、あとは極道やるしかない。せやけど牛やったら銭にもなるし、肉も好きなだけ食えるやろ」

「マイおばんは、学校出たら差別されへん言うとったで」

「マイさんは正しい思うで。龍も頑張って勉強せんと」

「オレ、勉強きらいや。学校でもエッタや言うて馬鹿にしよるもん」

「……ほうか。おっちゃんなんかこまい頃から牛の世話して働いとったから、学校行きとうても行かれへんかったん。せめて読み書きくらいは覚えとけよ。せやないと、おっちゃんみたいにポリ公にもエッタやて馬鹿にされんど」

「オレ、牛割るとこ見ても怖ないで」

「そうか、度胸あんねんな。他村のもんが見たら気絶すんねんで」

それからも龍造が警察の厄介になるたび、迎えに行く為野も懲りずに、路地の者が来たと横柄に見下してくる巡査と口論になった。最後に引っ張られたときは、さすがにマイが着物姿で迎えに行った。

「留さんもとばにおるから、あんなに気ぃ短かなんねん。せやから龍ちゃんも、あない悪うなんねん」

役人に弱く、路地の者が貶されるのは食肉を生業にしているからだと決めつけていたマイは、警察に呼びだされるたびに、龍造ではなく為野ばかりをなじるのであった。

龍造が唯一、心許したのが祖母のトヨノで、文子の後を継いで家の前で関東煮屋を開いていたトヨノに、龍造はべったりだった。

文子が亡くなってからも関東煮屋を続けていたのは、家の前を中学、高校帰りの生徒がよく通ったからだった。もともと関東煮屋を始めたのが文子であることから、それは龍造にとって母への思い出につながるものになっていた。

龍造がトヨノの横に座って、ぼんやりと商いを見ていると、昼間は極道者もよく通った。中でも特にトヨノの親戚筋にあたり、飛田で博徒をやっていた中川五郎が着流し姿で通りかかると、

「五郎、五郎、ちょっと寄っていき」

と、トヨノは決まって声を掛けた。

「なんや、上原のおばはん」

「なんやはないやろ。これからまた飛田で博打か。負けるのがオチやど」

「アホ抜かせ。わしゃ胴元じゃ、負けることなんかあらせん」

「なにが胴元や、偉そうに。博打は博打やろが」

「ヘッ、おばはんにそう言われると、かなんな」

「五郎よ、博打ばっかりやっとったら、そのうち身ぃ崩すで。せやから今のうちに足洗ろうて、カタギにならんな」

「わかった、わかった。そのうちな」

五郎が苦笑いしながら行ってしまうと、トヨノは龍造に向かって決まってこう諭すのだった。

「ええか、今に見ててみ。博打やったら、クスリ打つやろ。そしたら体ボロボロになんねんで。だから龍ちゃんは絶対、手ぇ出したらアカンねんで」

「なんで博打やったら、クスリやんの」

「クスリ打ったら、寝んでもいつまでも平気なんや。だから博打打ちはみんな打ちよる。せやけど体に無理かけてんのは一緒や。あとで体、ガタガタになる。それにクスリ打つにも銭いるやろ。だから博打に一回手ぇ出したら、ずっと『銭々』言いながら死ななアカン。音野のところのヒデがそうや。まだ若いのに死んでもうた」

音野のヒデという若者は、博徒で鳴らした男で、気風がよいので路地では知られていた。龍造も通りすがりに、小銭をもらったことがある。しかしひと月前、ヒデは飛田での抗争に巻き込まれ、ピストルで撃たれて死んでいた。

「ここの極道はだいたい、飛田の支店や。だから、ええように使われて死ぬのがオチや。生き残っても体ボロボロになる。だから龍ちゃんは人に使われるようになったらアカンで。なるんやったら、人を使う方にならんとアカン」

龍造はすでに飛田をすましていたが、博打の方は路地中で開帳されていたから、その大元が飛田にあるとは知らなかった。

農家で平々凡々と暮らしていた祖父の豊松、父の豊春と違い、トヨノは世事に長けていた。その注意は事細かく、刺青にまでおよんだ。

「あれ入れたら、一生、人から後ろ指差される人間になる。実際、中川の五郎がそやろ。五郎は人がええさかい、言われるままに刺青入れてもうた。だから足洗われへんねん。可哀そうな子や」

と、いちいち例を挙げながらしつこく注意した。

その後、龍造は好奇心から覚醒剤も大麻も一、二度やってみた。特に覚醒剤は極道もカタギも熱心に勧めてきたが、試し打ちして「おばあはんの言う通りやな」と得心して以来、二度と手を出そうとは思わなかった。

クスリに頼らずとも裸一貫で勝負に出ること、さらに体力とガマン強さにかけては人一倍、自信があったからだ。あれは弱い人間がやるもんやと、龍造は見なした。

とばで武田剛三と事を構えるきっかけとなったのは、龍造がシャブを試した頃のことで、極道に入った剛三が、羽振りをきかせるようになったからだ。

年上との付き合いが多かった龍造は自然、極道とも親しかったが、当の極道から

「ええか、龍ちゃん。極道とケンカする時は相手を殺すつもりでやらなアカン」と常々、吹き込まれていたのである。

直接の原因は、剛三の年下イジメに我慢ならなくなったからだ。剛三は自分より弱いと見ると、とことんイジメぬいた。龍造の同級生の一人は、剛三にイジメぬかれた挙げ句、和歌山の白浜にまで逃げていた。

龍造は、剛三を殺そうとした一件の前の年、一四歳にして二つ年上のヒロコで素人体験をすませていた。ヒロコとはダンスホールや喫茶店でデートする仲だったが、べつに付き合っているわけでもなく、一緒に遊んでいるうちに自然とそうなったまでだった。

そのヒロコを、剛三が犯したという噂が路地に広まった。ことの真相をヒロコ本人に確かめると「ホンマやで。せやけど、あんまり言わんといてな」と言って、しばらくして路地から出て行ってしまった。龍造には苦い思いだけが残った。

さらに剛三は、飛田に本拠を構える安原組傘下の横尾組に出入りするようになると、拳銃をこれ見よがしにちらつかせては、同輩から後輩までを恐れさせていた。

極道に入ったからって偉そうにしやがって……。

路地で生き抜くには、舐められたら負けだ。

龍造の秘めた狂気を知らない剛三は、たった一人で自分に盾ついてくる龍造に怒り、とばの手伝いが終わった後、オイコラお前、外で待っとけと、因縁をつけてきたのだ。

ついに来るべき時がきた。犬猫相手に、試し斬りはできている。

拳銃を持つ剛三を制するには、絶対に牛刀で先制し、仕留める必要があった。「殺すつもりでかかっていかな舐められる」――。そう龍造は思った。

いつ因縁をつけられてもいいようにサラシを巻いてとばに出ていたので、呼び出しを食らったところで牛刀を出して、一気に刺しに行った。それが「ちょっと脅しといたろかい」と舐めてかかっていた剛三を驚愕させることになる。

屠夫長の為野に止められた龍造は、内心安堵したが、一方で、剛三を刺せなかった不満は残ったままだった。

刺し殺してやるという思いは、剛三に対する敵愾心からなのか、もともと自分に備わったものなのか、龍造自身にもよくわからなかった。

「オレは、イカレてるんやろか」

ふと、そう思ったりもしたが、すぐに、

「いや、やるんやったらトコトンまでやらんと、こっちがいかれてまうんや」

と、その思いを振り払った。

この剛三との喧嘩は、路地で龍造の名を一躍、知らしめることになった。

度胸のよさに感心した極道からの誘いもあったが、結局は祖母トヨノが口をすっぱくして言っていた、「使われる人間で終わる」極道に魅力を感じることができず、龍造はクビを縦に振らなかった。「秘めた狂気」を抱えていた思春期の龍造にブレーキをかけたのは、やはり祖母トヨノの戒めであった。

実際、それから二年ほどして、親戚の極道、中川五郎もまた、飛田での小さな抗争に巻き込まれて殺された。

その頃には、飛田の小田組の舎弟頭で全身に刺青を入れた「マンボの須蔵」、酒梅組の「米沢アイコウ」ら、名の知れた極道が路地から出ていた。

彼らはみな羽振りがよく、飛田から路地に帰ってくるときは、いつもシボレーなどの外車だった。中でも米沢アイコウは細面の見栄え(みば)の良い男で、外車を運転する姿はちょっとした映画俳優のようだった。

極道にはならなかったものの、龍造は昼はとばで見習い、夜は賭場(とば)でお茶汲み(ちゃく)をして小遣い銭を稼ぐことになる。

賭場で観察していると、賭(か)けている人間はみな、どこか一本抜けていた。パチンコでも何でもそうだが、結局は胴元がすべて取ってしまうと、少年ながらも見抜いていたのだ。

やがて、龍造が頼りにしていた祖母トヨノも、路地を出たところの車道で、タクシーに轢(ひ)かれて呆気(あっけ)なく死んでしまった。それによって、龍造はさらに孤立感を深めていくことになる。

「オレの周りのええ人は、みんなおれへんようになってまう……」

そんな龍造の孤独と喪失感は、刹那(せつな)的な暴力だけでは飽き足らず、放浪癖となって現れた。

同い年の手下を連れては無賃乗車で和歌山の橋本、三重の伊勢、名古屋辺りまで足をのばし、近場では生駒山をへて奈良まで年上の極道が持っていたハーレーに女と二人乗りして、朝まで走りまわった。とばや賭場で稼いだ金は飛田などでの遊びに使い、あとには一銭も残らなかった。まだ遊びたい盛りだった。

そうこうしているうちに、思いもよらず私立中学を卒業したことになっていた龍造は、とりあえず定職につかなアカンと思うようになった。農家を継ぐ気はさらさらなかった。

上原家で持っていた一〇反ほどの田畑の多くを、父親の豊春が売ってしまったという事情もあるが、農業は、なにより日銭が稼げない。

毎日、食べるものといえば米と野菜ばかり。肉店を開いている周囲が朝にパン、晩に牛肉を食べているというのに、上原家では相変わらず、朝は仏壇と神棚に供えた米で炊いたおかいさん（粥）、晩は近所で買ってきたフクの天ぷらが一個、そこに付くだけだった。

小学生時分に、医者から「この子は脚気や」と言われたときは、周囲からも「そら、貧乏人の病気や」と馬鹿にされた。そのくせ出戻りの叔母マイは見栄っ張りで路地の者をいつも馬鹿にし、金もないのに私学に行かせたりしたものだから、龍造は余計に反発した。

祖父と父は靴直しをして日銭を稼いでいたが、これなら肉屋の方が面白いし金も儲かる。

幼い頃からとばに出入りしていたおかげで、屠畜に関してはある意味、英才教育を受けていた。周囲に肉店は三、四〇軒ほど建ち、どこも景気はうなぎ上りだ。そのため働くなら食肉関係だと思ったが、あまりに漠然としていてどうしていいかわからない。

そこでとばの仕事が終わった後、着替えていた為野留吉に、龍造は訊ねた。

「為野のおっちゃん、やっぱり肉の仕事いうたら、何になんのが一番ええの」

「そうか、龍ちゃん、もう学校終わったんか。それやったら、もうとばにおらんと仲(なか)卸(おろし)やったらええわ。卸やったら、社員一人でも社長なんやで。亡くなったトヨノさんの言う通り、人に使われるより、人を使う仕事の方がええとおっちゃんも思うで。龍ちゃんは度胸もあるし学もあるから、卸の方が向いとるわ」

「せやけどオレ、学校もほとんど行ってへんから、難しい漢字はわからへんわ」

「なんも、卸にむずかしい漢字なんか出てけえへんわ。簡単な計算くらいはでけるやろ」

「卸って、牛を買い付けてとばにくる人のことか」

「せや。ほんでとばで割ってもらったの捌(さば)いて、大阪中に売りに行くんや。いや、これからは大阪だけやないでぇ。今は軽トラさえあったら、神戸でもどこでも売りに行ける。買い付けととばの手間賃だけで、あとは売ったら売っただけ、自分のもんになるんやさかい」

コッテ牛として路地では恐れられ、また家の中でも孤独を噛(か)みしめてきた龍造にとって、この為野の話は魅力的だった。

「ほんだら、為野のおっちゃんは何で卸せえへんかったん」

「まあ、おっちゃんみたいに学校もろくに出てへん奴（やつ）は、字ぃの読み書きでけへんやろ。卸やりたい思てもでけへんねん。屠夫長や言うったって、割る頭数が少なかったら、その分、給料も安なるしな。せやけど卸になったら、一人でも社長や。ワシなんか『雇われ社長』って言うんやで。結局、雇われは一生、雇われのままや」

「………」

「龍ちゃんはトヨノさんのことよう聞いて、マイさんに私学にも行かしてもろてる。おっちゃんから見たら、羨（うらや）ましい限りや。勉強嫌いでも、字の読み書きくらいできるやろ。算数かって、金勘定くらいできるやろ。だからこれからはもう、卸の時代や。龍ちゃんやったら成功するとワシは思うで」

　とばの職人たちが公務員化されるのは、これから四年後、昭和四三年のことだ。昭和三九年のこの時点では、日本は高度経済成長の真っ盛りであり、食肉の消費量もうなぎ上りだった。

　公務員よりも、工場の職人の方が給料も良かった時代だ。さらに〝一本どっこ〟の仲卸業者なら、成功するもしないも、己の才覚にかかっている。何より将来性もある。

龍造はすでに心の内で、独立して肉商売をやろうと決めていたが、この為野の言葉で決心した。

やがてとばを辞めると、叔母マイの嫁ぎ先であった、天下茶屋にある食肉卸の松井商店へ修業に出ることになった。

マイは路地のもんやと馬鹿にされんようにと、無理して龍造を私立学校にも入れた手前、食肉卸になる話には反対したが、龍造はもう聞く耳をもたなかった。

それでも可愛い龍造を、他店で苦労させたくなかったマイは、それやったらうちにおいでと、嫁ぎ先だった松井の店を紹介したのだった。

マイの嫁ぎ先とはいえ夫はもう死んでいたから、店主は夫の弟の松井満になっていた。天下茶屋に本店があり、河内天美には支店の小売店も出して手広くやっていた。

「よっしゃ、龍ちゃん。ほんだらおっちゃんに付いておいで。最初の五、六年は辛抱やで。それだけ続いたら、あとは一人前や」

そう言って龍造の〝就職〟を気軽に請け合うと、松井はドラム缶を用意して、軽トラックに載せた。

「おっちゃん、これからどこ行くん」

龍造が訊くと、松井はにやっと笑った。

「南港（なんこう）や。そっから知り合いの船で、四国まで牛を買い付けに行くねんどッ」

旅が好きだった龍造は、喜んでそれに従ったが、実際にはかなりキツイ仕事だった。南港から、淡路島を経て徳島へと船で行くのだが、これは夜、秘密裏に行われた。ドラム缶に現金を詰め、その上からワラなどをかぶせる。警察に呼び止められても「肥料」と騙（かた）ってバレないようにして、農家を訪ねるのだ。

初めて訪れる徳島に、龍造は目を見張った。河内には海がないから、海から田畑が見えるのが面白かったのである。

出向いた先の農家と松井とはかねてからの知り合いだったらしく、その日のうちに使い物にならなくなった農耕用の老廃牛を、そのまま二頭買い付けて船に乗せた。それを夜、船の上でばらすのだ。

やり方は基本的にとばと同じで、ハンマーで昏倒（こんとう）させてから頸動脈（けいどうみゃく）を切るのだが、小さな船の上のことなので揺れに揺れる。

龍造は時々、海に向かってもどしながら作業を続けたが、松井は慣れているのか船酔いしないタチなのか平気な顔で、大量の血と頭と内臓を海に捨て、海水で洗いながら南港へと向かった。血の臭（にお）いにつられて何匹ものフカが寄ってきた。廃用牛は肉以外使い物にならないから、内臓などは捨ててしまうのだ。

初めて見るフカに、龍造は海に落ちないか気が気でなかったが、松井は一向気にすることなく、龍造に手伝わせながら器用に皮を剝いで肉塊に切り分けると、カラになったドラム缶に無造作に詰め込み、その上からワラを敷き詰めて蓋をした。

こうして海上で落とした牛は、とばを通さない分、手間賃がかからないうえ大阪に持って帰ると何倍にもなった。南港に着くと、肉をさらに細かく捌いて、その日のうちに天満辺りまで売りに行くのである。当時は、ヤミで屠畜するのを「落とし」、とばで正規に屠畜するのを「割る」と言って区別していた。

この頃はどんな牛であろうが、ひとたび肉にしてしまえば素人にはわからない。しかもヤミで安いから、これが飛ぶように売れた。

豚は、牛に比べれば小さいのでさらに簡単だった。路地の近辺には豚舎がいくつもあったので、遠くに行く必要はない。生体のまま西除川の橋の下に引っ張ってきて落とした。

血や内臓は川の水で洗うから、小さな川は瞬く間に赤く染まった。豚も牛同様に捌いていくのだが、単価が安いので、牛と同等の売り上げにしようと思ったら、何頭も落とす必要がある。

しかし、そこが腕の見せどころで、豚の場合は牛よりも小さく、力も要らないので、素早く捌くことでカバーする。牛の場合、船上で二人がかりで枝肉にするのに三〇分以上かかるが、豚は一人で一〇分以内に片づけることができた。龍造はすぐにコツをつかみ、それらをやすやすとやってのけた。

ヤミの仕入れと並行して続けられる仲卸の通常の仕事はまず、とばで割ってもらい、四つに分けられた枝肉をトラックで店に運ぶところから始まる。

農耕でこき使われた痩（や）せた老廃牛とは違い、肉牛は一頭だいたい四〇〇キロの目方があるから、単純に計算すると四分割した枝肉は一つ一〇〇キロ前後になる。

これをトラックから店に搬入するのが、捌きの最初の仕事である。

まず「ドンゴロス」と呼ばれる大型の麻袋を切り開いた長方形の布を頭から被（かぶ）って背後に垂らし、その両端を口でギュッと咥（くわ）えると、ちょうどホッカムリをしているような姿になる。

そうして準備ができると、荷台の枝肉を手前に引きだし、くるっと後ろ向きになって、相撲取りが四股（しこ）を踏むようにグッと踏ん張り、肉の下に潜り込むようにして首の後ろに担（かつ）ぐのだ。ドンゴロスは、肉塊が滑るのを防いでくれる。

これは男の仕事だったが、要領がよければ女でもできる。この店で働く武田剛三の女房が、これがうまいことで評判だった。

武田剛三といえば、龍造がとばで刺し殺そうとした極道者であったが、松井商店には剛三の実兄で二二歳になる武田幸介も働いていた。

ドンゴロスをひっかぶって枝肉を運ぶコツを教えてくれたのは、この幸介だった。弟よりも年下の龍造に目をかけ、

「お前やな、ワシのとこの剛三を刃物もって追いかけたっちゅう突破な奴は。剛三は極道になりさらして、悪いやっちゃ。いま剛三にきつう言うて、足抜けさせてるとこや。それに比べてお前は、道も外さんとエライ。せやけど短気だけはアカンぞ」

と、意外にも心安かった。

一六歳になっていた龍造は、勢い込んで何本もの枝肉を次々に運んだ。これができないと、まず捌きのスタート地点にさえ立てないからだ。

一つ運ぶごとに骨付きの枝肉が肩に食い込み、脚はガクガクと震えた。ガニ股になって踏ん張り、トットットと歩いていく。

一度立ち止まってしまったら最後、バランスとリズムが崩れる。肩から首の後ろに担いだら、その勢いを利用して一定のテンポで足を繰り出すのがコツである。店の入口よりも枝肉の方が大きいので、横になって入っていく姿は、まるで巨大なカニのよ

うに見えた。

龍造は身長一六五センチ、体重七〇キロと、そう大きな方ではなかったが、この枝肉を運ぶ力仕事は、背の低い男の方が向いていた。

身長が低い者の方が、重い枝肉を担ぎやすいのだ。女でもコツさえつかめば担げないこともないのはそのためで、背が高すぎると腰やヒザを痛めやすい。肉屋でずんぐりむっくりしている者が多いのは、重い肉塊を少年時代から担いでいるからだ。

搬入を終えると、前日までに冷蔵庫に入れていた枝肉から順に捌きはじめる。

仲卸の捌きに使うのはサバキ、スジ引き、平切り(ひらぎ)という三種類の包丁が主だ。

サバキ包丁は肉から骨を抜くためのもので、もっとも小さい。スジ引きは細長く、刺身包丁に似ている。平切りは最も大きい包丁で、俗に牛刀とも呼ばれる。これは大きな肉を切り分けるときに使う。

ラインで仕事を進めるとばでは、スピードと正確さが求められる。卸の捌きも同様だが、さらに肉塊を商品にするための繊細さも求められる。

捌き見習いはまず、取り外された骨に残った肉を掃除するところから始める。良い職人ほど骨に肉を残さないが、それでもわずかに残った肉を削り取っていく。これもクズ肉として売り物になる。

見習いとして骨掃除ができるようになると、切り離したアバラ骨に近いバラの部分の骨抜きを覚える。これは捌きの中でもっとも単純で、骨を肉から切り外していくだけだが、この時に骨掃除をした経験が活きる。ゆるくカーブしたアバラ骨をくりぬくようにして肉から外していくのだが、できるだけ骨の際に包丁を入れなければならない。何度も切ると肉にキズがつくから、一、二回切り込みを入れるとスッと骨を抜き、さらに骨に限りなく肉がつかないように外さなければならない。

捌きを覚えるのにバラから始めるのは、比較的簡単であるという理由の他に、バラは値が安く、キズが目立たない部位だからだ。ロースなどの高価な部位は、キズをつけるなどの失敗は許されない。

次に覚えるのが肉の整形で、ここからが職人技となる。

四つに分けられた枝肉は、ここで前部分がウデ、前バラ、前チマキなどに分けられる。これらの部位は地方によって呼び名が違い、また捌き方にも若干の違いがある。

後ろの部分はトモバラ、リブロース、サーロイン、ヘレ、内ヒラ、マル、外ヒラ、ラムなどに切り分けていく。おおむね一五程度の部位に分けられる。

部位の数は、販売店の注文によって捌き方を変えるため、一概には言えないのだ。

小売店に卸す場合は、大きな部位のまま出荷する。小売店が好みに切り分けて、商品として店頭に出しやすいからだ。

焼肉屋などの料理屋に出す場合は、仲卸でロース、ヘレなどさらに細かく切り分けておく必要がある。すき焼き、シャブシャブ屋に出す場合は、ロースをさらにスライスしてから出さなければならないから、仲卸にとってはその手間賃が儲けになる。

整形する肉は、同じ部位の肉なら大きさを揃える必要がある。同じ一頭から切り出した肉はみな一定の形にしないと、商品として比較しにくいからだ。これはすべて、経験による勘で行う。

整形したロースの後ろの方は、最高級のサーロインという部位になるが、どこからサーロインと区別するかは、捌き職人の腕に左右される。良い職人によってきれいに整形が決まると、そこまで上等な肉でなくてもよく見える。

整形ができるようになると、刺身包丁のような細身のスジ引きを使って、仕上げを行う。肉についたスジや余計な脂（あぶら）を、スジ引き包丁で丁寧に取っていくのだ。サーロインといえどもスジは付いているので、そのスジだけを薄く取っていく。

このスジ引きは、一連の捌きの中でもっとも繊細な作業だ。何年やってもうまくできない者もいるし、逆にすぐできるようになる者もいる。

うまくなる者は、先輩のやり方をよく観察して技術を盗むが、下手な者は作業中もぼんやりしているので、スジと一緒に肉も切り取ってしまう。そうすると製品の目方が減るので、その分が損になるし、見栄えもよくない。

捌きがうまくできても、酒や女で身を持ち崩す者や、一つの店に留まれない協調性のない者などは「流し」となる。

流しの職人は、「部屋」と呼ばれる紹介所にそれぞれ所属して、多忙な仲卸から呼ばれるとスケ（助っ人）に出る。当時は包丁三本とヤスリさえあれば、気ままにやっていけた。

のちに、龍造と路地で覇を争うことになる武田剛三、さらには隣の路地で絶大な力をもつにいたる川田萬も最初はみな、この捌きを覚えるところから始まった。

捌きのできない者は肉屋ではない。経営者になっても、職人たちの尊敬を集めることができないからだ。捌きが下手だと、職人たちから「社長は捌きもでけへんくせに」と侮られるのだ。

だからまず、仲卸で成り上がろうとすれば、一流の捌き職人になる必要があった。そうでないとこの世界では、人心も掌握できない。だから、初めはみな熟練の職人になろうと躍起になるのである。

龍造はしかし、ただの捌き職人で終わるつもりは毛頭なかった。独立を見据えていたので技術は年を追うごとに上達したが、これはある出会いも幸いした。

松井商店にスケで来ていた、元山勘助という四〇代の職人の腕が、抜群によかったのだ。

普通なら一人で日に二頭捌くのがやっとだが、元山は四頭を捌いた。しかも、仕上げの整形も見事だった。捌きの技術では河内一、つまり大阪一といってよかった。

元山は昼と夕方に決まって、コップ酒を一杯ぐいっとあおる。するとそう蒼白はくだった顔に生気が戻り、仕事のペースは一日を通して落ちることがなかった。

アル中だともっぱらの噂だったが、仕事中に酒を飲むのは、少なくとも人前ではこの二回だけに限られていたから、社長の松井満も暗黙のうちに認めていた。

龍造は、できるだけ元山の隣に付き、彼の手元を見ながら真似まねをした。

独立したら、最初のうちは一人でやっていかなければならない。ぜひとも元山の〝四頭捌き〟の技術は習得しておきたかった。

元山は流しの職人で、余計なことは一切話さない寡黙かもくな男だったが、一〇代という若さで熱心に学ぼうとする龍造を認めて骨抜きから整形まで、コツを丁寧に教えてやった。

刃物の町、堺で買ってくるサバキ包丁は、使いやすいように柄と刃の幅が同じだったから、手が滑ると指が切れてしまう。それを防ぐには、小指と薬指に力を入れて柄を支え、中指と人差し指は軽く添える程度にして、親指を刃の横に当てて切っていくのがコツだ。

ここまではとばと同じだが、より繊細さを求められる整形やスジ引きになると、人差し指を包丁の背に当てて、自分の体に向けて引くように切る。押すと手が滑って危険なことと、基本的に肉は引く方がよく切れるからだ。逆に野菜は「押して切れ」と言われる。

職人が秘密にする包丁の研ぎ方も、龍造にだけは教えてくれた。これは当時のこの世界では珍しいことで、それだけ元山は龍造に目をかけてやっていたことになる。とばでも仲卸でも、職人の腕の良し悪しを左右するのは、包丁の研ぎにある。体力勝負では若者が有利だが、包丁の研ぎだけは経験がものをいう。

捌き用の包丁は鋼製で、包丁職人の手による鍛造だ。

その切れ味は、当時出回り始めていた大量生産品とは雲泥の差だった。

柔らかい刃は、よく研げる。だからあまり研ぎすぎると変形し、角度が少しブレただけで、刃先がすぐに丸くなってしまう。

また捌いている時は、研石で研ぐような時間はないから、腰ベルトに刺した棒状のヤスリで研ぐ。このヤスリがまた高価で、この時代でも二万円ほどした。しかし、高ければ品も良いかといえばそうではなく、よく研げるヤスリはそれぞれ職人の秘密であった。

さいわい龍造は、叔母マイの亡夫が持っていた素晴らしいヤスリを受け継ぐことができた。

捌き職人として一人前になるまでに一〇年はかかると言われているのは、捌きの技術もさることながら、研ぎの技術も含めてのことだ。慣れた者なら、茶碗（ちゃわん）の高台でチャッチャと研ぐこともできた。

当時の更池の子は、龍造のように小学校三年生くらいから肉屋の手伝いをしていた。龍造が小学三年生の時、籍だけはあるものの、結局一日も登校してこなかった子がいた。九歳か一〇歳くらいになると、自分の仕事を手伝わせる親がいたからだ。

では早く仕事に就いた方がいいのかといえば、そうともいえない。家の事情で働かされる子は、大きくなると卑屈になったりグレてしまったりすることが少なくない。

だから小学校を曲がりなりにも卒業し、叔母の見栄からとはいえ私立中学を出た龍造は、まだ恵まれていた。体ができてくる中学生くらいから始めるのが、肉屋の適齢期といえる。

龍造がうまくできないでいると、元山は「どれ」とつぶやき手本を見せて、必死に食らいついてくる龍造に応えてやった。やがて龍造は、一日三頭は捌ける自信を身につけた。

龍造に教えることは、もうない。あとは量をこなすだけだ――。

そう思った元山は、ワンカップの酒をぐいと飲みながらにやりと笑い、初めて龍造の前で饒舌になった。

「オレも昔は、お前みたいやった。負けず嫌いなんや。捌きでは絶対に、他の奴には負けとうない。お前はもう一人前や。あとは数を、こなせるだけこなせ。オレも酒と博打で身上つぶせへんかったら、店を構えてもおかしゅうなかったんやけどな。お前もそれだけは気ぃつけえよ。ま、いま言うてもわからんか」

第三章　牛を屠り、捌きを習得する日々

初めて山口恵子に会ったのは、龍造が河内天美の店にスケで出ていた一六歳の時だった。

普段は天下茶屋にある松井商店で働く龍造だが、応援を頼まれて、しばらく更池近くにある近鉄南大阪線の河内天美駅前商店街にある松井商店の支店に出ることになったのだ。社長の松井は支店にはちょっと顔を出すだけで、実質は妻のイトが仕切っていた。

支店に出始めた龍造は、出勤前に店近くの「ユミ」という喫茶店で、モーニングを食べるのが習慣になった。

ある日、「ユミ」に新人のウェイトレスが入ってきた。どことなく、実母の文子に似ていた。色が白く、美人で愛嬌がある。すぐに龍造は気に入ってしまった。以来、龍造は朝だけでなく昼食はもちろんのこと、仕事が終わっても顔を出し、日に三度も通うようになる。

恵子は、仕事を終えると銭湯に出かけるのだが、龍造はそれを待って、後をつけるのだった。自らも銭湯に入ると、恵子よりも先に出て、帰り路にまたつける。

「あの男の子、ケイちゃんにお熱みたいやな。銭湯行くときも、付いてきてんで」

喫茶店のマスターがそう言うと、恵子は知らない振りをしてこう答えた。

「あんな子供に付きまとわれて、なんや気持ち悪いわ」

そう言いながらも、もちろん悪い気はしなかった。

しかし龍造は、もはや子供ではなかった。顔にはまだ幼さが残っていたが、一〇〇キロもの肉塊を背負う力を持ち、給金が出れば飛田に通うほど精力を持て余していた。

龍造は、〝情報収集〟に余念がなかった。

恵子が自分より二つ年上の一八で、「ユミ」の二階に住み込みで来ていることはもちろん、堺ではよく知られる地主の娘だが、中学のときに家出してきたらしいことまで聞きつけた。

龍造が恵子に入れ込んでいると周囲に知れるのに、そう時間はかからなかった。

松井はそれを知って「あんな女給なんかに夢中になりくさらして、サカリのついた犬みたいな真似すなッ」と、龍造を叱りつけた。仕事が疎かになるからだ。松井は徹底した吝嗇家で、妻に辛く当たる一方、本店近くに二号を囲っては、周囲にその力を誇示していた。

捌きの仕事を始め、日に日に逞しくなっていた龍造は、やがて支店を任されていた松井夫人に誘われるまま関係をもつようになっていた。飛田通いでも発散しきれない龍造の男性自身に、夫人は何度も達しながら、その屈強な体にしがみついて離そうとしなかった。

亡母への憧憬があった龍造も、年上の女を好んだ。どこか寂しげなふうのある龍造は、放っておけない突破な雰囲気を漂わせていた。それがまた河内の年増を夢中にさせた。

しかし、男性自身を咥えて離さない夫人の性戯には、さすがの龍造もびっくりした。当時、そのようなことをするのは飛田の女くらいで、素人のやることではなかったからだ。

夫人の欲求はとどまることを知らず、仕事中でもお構いなしに、手洗いに誘っては ことに及んだ。当初は刹那の快楽を楽しんでいた龍造だったが、次第にエスカレートする年増の欲求と情念に恐怖すら感じるようになる。一通りの遊びは経験したといっても、やはり龍造はまだ一六だった。

夫人にも主(あるじ)の松井にも嫌気がさしてきた龍造は、ある夕刻、「ユミ」に行くと思い切って恵子に訊ねた。

「ケイちゃんは、どこの人なん」

「堺の丹南(たんなん)や」

「丹南か。オレは布忍(ぬのせ)駅の近くや。布忍、知ってるか」

「うん、知ってるわ。祭りで行ったことある」

「今日は仕事終わってから何かあるんか」

「べつに。お風呂(ふろ)行くだけやん」

「ほ、ほんだら今日、これからオレに付き合えへんか。ミナミにええダンスホールあるねん」

「うん、ええよ」

当時、大阪の肉店で働く者はたいてい路地の者だったが、恵子は気にするふうもなかった。若い二人にとって、路地という出自は障壁でも何でもなかった。二つ返事でデートの約束を取り付けた龍造は、いったん店に戻り、恵子の仕事が終わるのを待った。

「ユミ」の前で待っていると、恵子は「うち、この上に住んでいるから、ちょっと待ってて」と言って、ひざ丈のスカートに、白いフリルの付いた黄色のブラウスに着替えてきた。恵子を見て、龍造は、やっぱり路地の女とはどこか違うなと興奮した。

二人はそのまま河内天美から天王寺、そしてミナミへと向かった。

当時ミナミの難波駅周辺には、いくつものダンスホールがあった。

しかし、どのダンスホールでもよいわけではなく、それぞれ縄張りがあった。更池の者は「ユニバース」で、その近くにある「フジ」には、隣り路地の向野の者がよく通っていた。隣の路地同士であっても、余計な揉め事を避けるため、縄張りらしきものを自然につくっていたのである。もちろん組との関係もあっただろう。

中学生で、タバコも酒も飛田も経験していた龍造は、すでに「ユニバース」ではいっぱしの〝顔〟だった。朝六時から一二時間立ちっ放しで働いたあと、ダンスホールに通って終電までいたこともあった。

カクテルを飲みながら話していると、恵子は丹南の実家を飛び出し、そのまま住み込みで喫茶店のアルバイトをしているという。そこまではすでに知っていることだったが、実際の年は三つ上の一九歳だった。

「せやけど、店の二階って、同僚の子と一緒やから狭いねん。マスターも、いっつもお尻触ってくるし、なんか気持ち悪いからあそこ嫌やわ」

龍造は、カッと頭に血がのぼった。

「あのマスター、そんな奴やったんか。つぎ会うたら、ぶち殺したるッ」

龍造の剣幕に恵子は驚いたが、悪い気はしなかった。まだ龍造の凶暴な本性を知らなかったこともあり、自分を想って単に意気がっているだけだと思ったのだ。

「そんなアホなこと言いなや。ええ人なんやけど、それだけが嫌なん」

「ほ、ほんだら今日からオレと住もや。オレ、ケイちゃんのこと前から好きやったんや」

勝気な恵子は、べつに驚かなかった。

「そんなこと、前から知ってたわ。龍ちゃん、私が銭湯いくとき、いっつも付いてきてたやろ」

龍造は、柄にもなく赤くなった。

「なんや、知ってたんか」

「当たり前やんか。すごい噂になってたから、私、恥ずかしかったんやで」

「ほんだら、ケイちゃんは、どないなん」

「私も、龍ちゃんのこと好きやで」

「ホンマか、嘘ちゃうやろな。からかってんちゃうやろな。からこうてんやったら、オレ、承知せんぞッ」

「もう。イチイチ、そんなに怒らんといてや。龍ちゃん、なんか怖いわ」

龍造は、気持ちを弄ばれるのだけは避けたかった。母を早くに亡くし、育ての親にも出て行かれた衝撃で、龍造は女に心を許すことに極度の警戒心をもつようになっていた。初体験の相手だった路地の女が、剛三に犯されて路地を去った苦い出来事も、まだ生々しく残っていた。

「すまん。オレ、短気やから……」

「そんなん、最初から知ってるわ。せやけど私、やさしい人の方が好き」

「ごめんな、ケイちゃんのこと好きやから、ついカッカしてまうねん」

「ええよ。許したるわ」

「ほんだら、オレと一緒に住んでくれるか」

「アホ。どこに住むとこ、あんねんな。それに仕事、どないすんのん。松井さんとこ辞めんのか」

「松井の店は、もうどうでもええねん。オレは捌き職人やで。ケイちゃんさえ付いてきてくれたら、どないなと食べていけるから。なあ、そうしよや」

一六歳の龍造は、そう言うと胸を張った。恵子も「ええよ。私も龍ちゃんのこと好きやから」と話は早かった。中学のときに家出して以来、住み込みの職を転々としてきた恵子にとって、べつに躊躇(ちゅうちょ)する理由はなかった。

龍造は早速、以前から「ユニバース」で知り合いだった、西成(にしなり)に住む正美に電話した。

「ネエさん、今日からちょっと世話なられしまへんか」と訊(き)くと、切羽詰まった龍造の声に事情を察した正美は、何も聞かずに「ええよ。ダンナには私の方から言うとくから、いつでもおいで」と気安かった。

二人はその夜から店には戻らず、正美のアパートに転がり込んだ。

龍造は有頂天になった。松井商店のこと、松井夫人のこと、仲卸(なかおろし)として独立することなど、もうどうでもよくなっていた。

その夜は正美のアパートで寝て、朝方帰ってきた夫の金田俊平に挨拶(あいさつ)した。

俊平は、正美と同じ済州島出身の在日韓国人で、飛田で賭場(とば)を開いている酒梅組の若頭だった。

「おう、お前が上原か。正美から噂は聞いとる。横尾組の若い衆を、包丁持って追いまわしてんてな。横尾は組長もヘタレやからな。なかなかええ面構(つらがま)えしとる。ここにいたかったら、いつまでおってもかまへんで。ところで、仕事はどないすんねん」

「はい、天美と天下茶屋の肉店手伝ってましてんけど、もう戻る気ありません」

「ほうか。そんなら、とりあえず今日からウチの仕事手伝うか」

「はい、お願いします」

「よっしゃ、任しとけ」

　その日から龍造は、俊平に付いて、飛田の賭場でお茶汲み（ちゃく）として働くことになった。

　正美の実家は猪飼野（いかいの）で内臓の卸（おろし）をしており、正美は昼間、その手伝いに出ていた。夫の俊平も日中は寝ている。

　龍造と恵子があてがわれたのは、フスマ一つ隔てた四畳半だったが、二人ともちょっとした所帯持ちの気分だった。

　路地に限らず河内という土地では、こんなふうに〝所帯〟をもつのはそう珍しいことではなかった。

　建設会社で働いていた龍造の先輩で、遊び仲間の北本忠雄は路地の出身ではないが、よく路地へ遊びにきていた。雰囲気が気に入ったのか度胸試しのつもりなのか、友人をつくって路地に出入りする者も珍しくなかった。

　路地は周囲から忌避されていたが、それがまた好奇心旺盛（おうせい）な若者の興味を引き、一向に頓着しない者も少なくなかったのである。

そんな北本は、これはと思ったカフェの女を夜、「送ったるわ」と自転車の後ろに乗せ、そのまま近くの墓場まで連れていって「やらせろ」と迫る。

当然、女は拒否する。そこで北本は、「ほんだら、オレはもう行くど」と自転車にまたがって去るフリをする。すると、たいていの女は「こんなところに置いていかんといてッ」と怖がってすがりつく。これが北本の手口、常套手段だった。北本の妻もまた、それに引っかかったクチである。


飛田と隣接する釜ヶ崎の三角公園周辺には、今も昔も賭場が開かれる。今よりも小さな組が群雄割拠していた時代で、俊平は酒梅組の若頭として、夕方から開かれる賭場を仕切っていた。

俊平の賭場は、昔ながらのサイコロ賭博だった。一戸建ての借家の二階で開き、一階では下っ端が手入れがないか見張っていた。賭場では二畳ほどの畳を敷き、その上にツボを持った胴元がサイコロを振ってツボに入れる。ルールも偶数か奇数かを当てるだけの、単純なものだ。

俊平は、配下の組員たちを前にして龍造を紹介した。

「こいつは龍造いうて、横尾の若い衆を半殺しにした奴や」

それまで兄貴分の手前、神妙にしていた組員がドッと笑った。

「ちょっと事情あってワシが預かることになった。なかなか見込みある奴やから、みんな面倒みたってくれや」

一六と若いが、仕事を経験してきたおかげで言葉づかいだけはキッチリしている龍造に、組員たちは「有望株やな」と、快く受け入れてくれた。俊平の紹介は絶大な効果があった。

日雇いの労働者は、仕事がはけると晩飯も食わずに、酒だけを引っ掛けて賭場にくる。昭和四〇年、東京オリンピックはこの前年に終わっていたが、佐藤栄作内閣のもと、建設ラッシュは続いており、西成の釜ヶ崎も好景気に沸いていた。このときの自民党幹事長は田中角栄で、この後、「日本列島改造論」をブチ上げ首相に就任するが、それはまだ先のことだ。

そんなご時世、賭場は連日盛況だった。

やってくる客の靴を揃え、お茶を出し、タバコを買いに行きと、雑用全般が龍造の仕事だ。

仕事といっても、給金が出るわけではない。いってみればタダ働きだが、飯はきち

んと食わせてもらえた。そのうえ、勝って気を良くした客からもらうチップが馬鹿に
ならない。一〇〇キロの枝肉を担ぎ、一日中立って脂まみれになることを思えば、賭場の仕事は極楽だった。日銭が入るので、恵子一人食わすことくらい苦もなかった。

路地の者が極道になりたがる理由はこれか、と龍造は得心した。

賭場が荒れると、龍造は若さと生来の突破さを発揮して、真っ先に駆けつけては荒くれどもと対峙した。

ごつい体をした日雇い者はもちろん、小さな組同士で小競り合いを繰り返す極道も、怖いと思ったことは一度もない。そんな龍造を、次第に組員たちも頼もしく感じ、

「若い鉄砲玉を一人得た」くらいに思っていた。

四カ月ほどそうした生活を続けていたある日、アパートに戻ってみると、恵子が横になってしんどそうに喘いでいた。心配する龍造に、正美は言った。

「龍ちゃん、ケイちゃん妊娠してるみたいやで。ずっとここにおるわけにもアカンし、これからどないするつもりなん」

「……ネエさん、どないしよ」

「もう、そんな頼んないこと言いないな。龍ちゃんはどないしたいの。このまま俊平

のとこに世話になるつもりなんか」

「……いや、ニイさんには悪いんやけど、このまま極道になるつもりはないねん。将来は独立して、肉店もちたい思てるから」

昨夜のシャブが切れたのか、横でぐったりと寝ころびながら話を聞いていた俊平が、口をはさんだ。

「まあ、龍やったら、こっちの道でも成功する思うけどな」

正美は、俊平を叱った。

「あんた、ええ加減なこと言わんといてッ。龍ちゃんはそういう子ちゃうねんで。龍ちゃんも、極道になれへんのやったら賭場にはこれ以上、出入りせん方がええ思うよ」

俊平は、妻の剣幕に苦笑いしながら弁解した。

「そうやな。将来はカタギでいこう思てんねんやったら、肉屋に戻った方がええやろ。みんなには、オレの方からちゃんと言うといたるさかい」

「子供はどないすんの。産むつもりなんか、堕ろすんか。堕ろすんやったら、はよせんと……。ケイちゃんはどうなん」

正美の問いかけに、恵子は横になりながら「ネエさん、うち産みたい」とつぶやいた。龍造も「うん、産んでかまへん」と言った。

「ほんだら、いったん実家に戻って話してみたらどう。出てから一回も連絡してへんねやろ」

「うん、まあ……」

「子供のこともあるし、とにかく一回、うちに戻って、ちゃんと話しておいで」

血の気は多いものの、仕事には真面目で、将来の夢も持っていると聞いていた正美は、このまま極道にならない方が龍造のためだと思っていた。シャブに手を出しても溺れることなく、この歳で将来の展望もハッキリ持っている。龍造には他の者にはない意志の強さと突破力があると感じていた。

「わかった。ネエさん、今までありがとう。これ、少ないけど」

龍造が腹巻きに手をつっ込み、昨夜手にした金を出そうとすると、正美は血相を変えた。

「そんな他人行儀な、気ぃ遣ってる場合やないやろッ。お金はこれからいくらでも必要になるんやから、自分で持っとき。それよりはよ、うちに帰って謝っておいで」

「わかった。ネエさん、今までありがとう」

龍造はあふれる涙を拭いながら、正美に向かって何度も頭を下げた。

二人には知る由もなかったが、この四カ月の間に上原家と恵子の実家の山口家では大騒ぎになっていた。

上原の方では、叔母のマイが「ウチの大事な跡取りを、喫茶店のウェイトレス風情が誘惑して連れてった」と、恵子の実家を探し出して、怒鳴り込みに行っていたのだ。片や山口家では、「ウチの娘をエッタが勝手に連れていった」と猛反発し、マイに逆ねじを食らわしていた。マイは路地の出ということを気にしていたので、憤懣やるかたなく、双方の家は冷戦状態に陥っていた。

そこへひょっこり、龍造が恵子を連れて実家に帰ってきたのだ。

「今までどこにおったんや。松井のおっちゃんも心配してたんでッ」

マイはそう言って怒ったが、病弱で温和な父の豊春は「まあ、もう孕んでもうてんねやから、そないガミガミ言うてもしょうないやろ。あんたが恵子さんか。えらい苦労したな」と、二人にねぎらいの言葉をかけるのだった。

龍造は、浄土真宗の仏壇の前で、祖母と母に手を合わせて、子を孕んだことを報告した。その後ろで恵子は、ツワリをこらえながら、正座してただ黙ってうつむいていた。

とりあえず龍造と恵子は、所帯をもつことに決め、実家近くの長屋に引っ越した。

しかし、恵子が上原の家に戻ったと聞いた山口家から、恵子の長兄の良治と妻の正子が二人して恵子を取り戻しにきた。貧しいとはいえ、山口家は丹南の名家で地主であり、路地の者とは家格が釣り合わない、というのがその理由だった。

良治と正子が、龍造たちの住む長屋を訪ねると、龍造は玄関先で仁王立ちになって怒鳴りつけた。

「帰れッ。恵子はどこにもやらんッ」

龍造は端から、恵子と所帯をもつことに反対されるだろうと踏んでいたのだ。

最初の一撃に失敗した雄牛のように猛り立ち、腹巻き姿で顔を真っ赤にして怒鳴り散らす龍造に向かって、当時としては珍しかった大学出の良治は冷静に諭した。

「もうちょっと、落ち着きなさい。あんたはそれでええかもしれんけど、世間ではそういうわけにもいかん。一緒になるにしても、一回、ウチに帰ってよう話し合わなアカン。所帯もつというのは、そういうもんやろ」

「アカン言うたら、アカンのじゃ。恵子は絶対に渡せへんッ」

その剣幕に、二人は「これやからエッタのもんは……」と呆れていったんは帰ったが、数日後、上原家を訪ねて話し合いをもった。

その席で、恵子がすでに妊娠五カ月と知った良治は、観念して実家の父に事情を報告した。

盆栽の趣味が高じて全国大会で入賞するほどの腕前を持ち、神経質で癇癪持ちだった恵子の父の良介は、良治の話を聞き終えると静かに口を開いた。

「それやったら、しょうがないやろ。べつに向こうがそそのかしたわけやないんやろ。向こうの家も反対しとったのを、二人が勝手に決めてもうたんや。勝手に出て行った恵子も悪い。恵子はもう、うちの子やない。そう思たらええ」

と、諦観してつぶやいた。


路地の長屋にとりあえず所帯をもった龍造は、いっそう仕事に身を入れた。

朝六時から夕方まで松井商店で働き、店が終わると隣の路地、向野へ向かった。夜の一〇時まで捌きを手伝い、一日四頭捌けるようになるまでは辛抱して金を貯めることに専念した。龍造が、曲がりなりにも捌き職人の修業に身を入れ出したことは路地でも知られたが、「さあ、あの突破な龍がどこまでもつか」と路地の者は噂した。てっきり極道になるものだと思われていたからだ。

龍造の実妹の美子は、龍造がいない間に、兄に負けず劣らずの不良になってしまっていた。中学にもほとんど行かない状態で卒業するわけでもなく、やがて明け方になって帰ってくるようになった。

朝になって、美子がそっと家に帰ってくると、龍造は土間に座り一升瓶を持って待っている。龍造は、実妹にも容赦なかった。

「朝までどこ行ってたんじゃ。どうせ男の家やろが。どこの男じゃ」

「兄ちゃん、堪忍して」

「いや、もう我慢ならん。どこの男や、はよ言えッ」

「言うたら、お兄ちゃん、その人のところ行くやろ」

「当たり前じゃ。いてもうたる」

それを聞くと、美子は家の裏口からダッと逃げ出した。

ブチ切れた龍造は、扱い慣れた平切り包丁を片手に、美子を追いかけた。

美子の悲鳴に、「何事や」と出てきた路地の者たちは、美子の後ろを真っ赤な顔して追いかける龍造を見て、

「また龍の癇癪が出たか。あれは気違いや」

と、半ば呆れながら見守った。

食肉産業の隆盛で、ちょっとした〝職人街〟になっていた路地でのことだ。ケンカ

は珍しくなかったが、極道ばかりか、実の妹までも包丁を持って追いかける姿は、確かに尋常ではなかった。

路地で床屋を営んでいた「中原理髪店」の娘は、美子より一〇歳年長で、普段から美子を可愛がっていた。騒ぎを聞きつけて表へ出てみると、その美子が龍造に追いかけられて助けを求めている。

四国は宇和島の農家の三男坊で、大阪へ出稼ぎにきて、そのまま中原理髪店の婿養子となった夫の雄介に「雄ちゃん、早ようい って、止めたってッ」と怒鳴った。

いつもは入り婿ということで、大人しく嫁の言うことに従う雄介も、さすがに「アホ言うな。オレが逆に刺されるわッ」と奥へ引っ込んだ。

ほどなく追いついた龍造は、美子の髪を引っつかんで路上に引き倒し、とうとう男の名と居場所を吐かせた。

男はマサという名で、西除川沿いにある骨粉工場で働いていた。

その足で龍造が工場へ向かおうとすると、追いついてきた妻の恵子が龍造にすがった。

「龍ちゃん、堪忍したって。ここは堪えたってえな」

憤怒に猛っていた龍造は、そう訴える身重の恵子を足蹴にしながらも、手にしていた包丁を恵子の前に投げ捨てた。

そして近くにあった角材を手にすると、そのまま川向こうにある骨粉工場へと駆けだした。

龍造がいつも、包丁をはじめ、そこら辺の物をもって相手に向かっていくのは、小柄だと甘く見ている相手を一瞬で威圧できるためだ。素手だと捌きをする手を痛めてしまうという計算もあるが、ケンカは、どんなに汚い手を使ってでも、相手を殺す気で向かわないと駄目だというのが極道からのアドバイスであり、龍造の信念になっていた。

それは、路地で舐められないための処世術であった。人を殺すことを一度は体験してみたいとすら思っていた龍造は、そう表立っては言わなかったものの、極道の小競り合いや抗争を見慣れていた路地の者たちからもさすがに「あれは狂っとる」と恐れられるようになっていた。

まだ早朝の骨粉工場では、これから操業を始めようとしていた。

狭い敷地に、大きな牛の頭蓋骨、大腿骨などの骨が、小山のように積まれている。

美子の男、マサが勤めていた先は、「河内化成」という大層な看板を掲げていたが、実際は小さな骨粉工場で、路地ではただ「骨屋（ほねや）」と呼ばれていた。

工場の仕事は、前日までに集めておいた牛、豚などの骨を処理するところから始まる。昼過ぎになると、作業を中断してとばなどに出向き、その日に割られた牛の頭蓋骨などを引き取るのである。

とばだけでなく、龍造が勤めていた松井商店などの仲卸も集荷して回る。骨はもちろん大量に出る脂身（あぶらみ）も集荷して回るので、これが重労働だった。

無造作に木箱に放りこまれた骨や脂身は、まだ新鮮だから、えもいわれぬ美しい純白だった。ただ骨は密度が高いので、かなりの重量がある。それを「チンチョウ」と呼ばれるS字形をした吊（つ）り金具で木箱を引っ掛けて路上に引き出し、トラックに引っ張り上げて荷台にぶちまけていく。二トン車の荷台に、できるだけ骨と脂身を多く積み込む。これ以上は積めないほど一杯になると、ようやく工場に戻る。

しかし、トラックの荷台にカバーなどない。だから毎日のようにトラックから骨が落ちた。それを待ち構えていた野良（のら）犬たちが、骨を巡って奪い合い、自分たちのねぐらに引っ張り込んだ。

工場に戻ると、骨に付いた肉をナイフで削ぎ落としていく。きれいに掃除すると、ボイラーに骨を放り込んで焼きを入れていく。

集荷した骨や脂身は、できるだけその日のうちに処理するが、量は何十トンとあり、集荷は日曜を除いて毎日なので、処理が追いつかなくなることも珍しくない。

夏場は、骨に付いた肉がすぐに腐りはじめ、アンモニアのような臭気が立ち込め、作業員の目が痛くなるほどだった。そのうえ雨が降ると、腐った脳みそが頭蓋骨から漏れてウジがわく。その腐臭は一キロ離れていてもわかるほどだった。

作業員はみな、軍手に前掛け姿で作業をするが、溶けた脂や肉汁などでやがて軍手もぐっしょりになる。作業環境は劣悪そのものだった。

住み込みなので、地方から大阪に出稼ぎにきた若者たちが興味半分で働きに来るのだが、大半は悪臭と重労働に辟易して二、三日で逃げ出す。当時「骨屋で三カ月もてば、どんな仕事でもできる」と言われたほどだ。

もっとも、悪いことばかりではない。

骨屋はそれほど儲かった。更池だけで五軒ほどが操業していた。

牛や豚の骨は、原価がキロあたり五〇円ほどと安いうえに、骨粉の需要が高まっていた。骨の他にも、脂身や骨から油を取り出して加工すると、石鹸の原料にもなった。だからこの骨を集める権利も、路地の特権の一つであった。

特にとばから出る大量の頭蓋骨や脚の骨は大きく、集めるのに効率もよい。集荷の権利を握るのとそうでないのとでは、工場の儲けに大きく影響した。内臓屋も同様で、とばから出た内臓を引き取る権利は、それ自体が大きな利権となるのである。

路地には、主に牛にまつわる〝終末期施設〟が集まっていた。「牛は鳴き声だけしか残さない」と言われた所以である。


その「骨屋」に、角材を持った龍造が怒鳴り込んでいったのは、その日の作業が始まろうとしていた頃だった。

「マサいう奴は、どこじゃッ」

「何や、いきなり。どないしたんや」

親方が出てくると、龍造はもう一度、マサという男はどこかと詰問した。無言のまま、みなの視線は自然、マサにそそがれる。

線が細く、とても骨屋には見えない若い男だ。岡山から出稼ぎにきて、工場を転々としながら路地に流れてきたのだ。徹夜で遊んでいたので、若いのに顔が土気色になっている。

龍造はこの男だと認めると、間髪をいれず襲いかかった。

不意をつかれたマサは為す術もなく、角材の一撃をもろに顔面に受けてもんどり打って倒れた。顔面があっという間に血だらけになる。

驚いたのは、工場の者たちだ。

これから仕事にとりかかろうかという時に、いきなり雄牛のように猛り狂った男が角材を持って殴り込みにきたのだから大騒ぎになった。倒れたマサに馬乗りになり、さらに何度も執拗(しつよう)に打撃を加える龍造に、その場にいた三人の男たちが飛びついた。

「なんや、あんたッ。いきなり来てからに、うちのもんになにするんじゃ」

「じゃかあしゃッ、うちの美子に手ぇ出したんは、こいつの方じゃッ」

「美子て、誰や」

「オレの妹じゃッ」

工場の者たちは、マサが付き合っている女のことだと合点がいった。

「それはわかった、もうええがな。こっちでよう言うとくから、今回は堪忍したってくれッ、なッ。あんたも、もう十分やったやろ」

三人の屈強な男たちに無理やり引き離された龍造は、血だらけになっている男に向かって、

「おんどれ、今度、美子に手ぇ出してみい。そのときはこれだけではすまんぞ。次は包丁でいてもうたるからなッ」

龍造が角材を放って工場から出て行くと、マサはすぐに病院に担ぎ込まれた。鼻に頬骨、鎖骨、アバラを二本骨折していた。

やがて、殴り込んできたのが上原龍造だと知れると、路地の出だった親方は、

「お前も運が悪いのう。知らんかったかもしれんが、あの龍造いうのは、ここらへんでも有名なコッテ牛や。極道にも包丁もって向かっていきよる。もうその女にいたずらすなよ。体がなんぼあっても足らんさかいに」

しかしマサは苦しそうに呻（うめ）くだけで、言葉にもならなかった。その後、マサは工場を辞めたが、どこに行ったのか誰も知らない。

しばらくは大人しくしていた美子だったが、龍造の目があっては夜遊びもろくにできないので、不満は募るばかりだった。

亡母の文子に似て突破で勝気な美子は、それから半年後、路地の肉屋へ流れてきていた九州豊後（ぶんご）出身の男と駆け落ちし、東京へ逃げ、そのまま中野で所帯をもった。

龍造はついに、たった一人の妹である美子にも出て行かれてしまった。

傍（はた）からみると己の癇癪が原因なのだが、当人は良心の呵責（かしゃく）を覚えることもなく、「みんなオレから逃げ出しよる」と、はらわたが煮えくりかえる思いでいた。龍造は自分でも、警察沙汰（ざた）にならないのが不思議なくらいだった。

その答えを、龍造は、事故で亡くなった祖母トヨノの戒めに求めていた。なにより刺青(いれずみ)を入れずにすんだのは、幼い頃からのトヨノの忠告と、飛田での抗争に巻き込まれた親戚(しんせき)筋の極道、中川五郎の死があったからだ。一流の捌きを習得して商売を興す――。この一点が、龍造をかろうじて現実社会とつなげていた。

河内天美の松井商店と掛け持ちで、隣町の向野で捌きの手伝いをしていた龍造に、やがて女の子が生まれた。龍造が一八、恵子が二一歳のときだった。

龍造は、女の子だから亡母の名を付けようとかねてから思っていたが、これには周囲がこぞって反対した。

「初めての子やねんで。神さんにつけてもろた方がええ」

父・豊春と叔母のマイの忠告にとりあえず従って、母の一字を取って「文江」と名付けた。

二年後に待望の長男が生まれた時は、これも忠告に従って「春彦」と付けたが、年子で生まれた次男には、自分で「健二」と付けた。これにはまた周囲から注文が付いたが、「一人くらいは好きに付けさせてくれ」と押し切った。

まさかその子に、のちのち〝復讐(ふくしゅう)〟されるとは、このときは思ってもみなかった。龍造は「あの子だけ、オレが名付けたから、こないなったんかな」と、この男にしては珍しく後悔の念をにじませるのだが、このときは知る由もない。

三男の「善広」も、最初は自分で「豊」と決めていたが、これも信心深いマイが「三輪さんで見てもろたら、これが字画もええて」ということで簡単に決まった。「三輪さん」とは、奈良にある有名な三輪明神のことで、マイは毎月のようにお参りに行っていた。

子供も四人目となると、とりあえず「神さんがええ」というのなら、それでいいと思うようになっていた。結局、名前というのは、己がつくるものだという確信が龍造にはあったからだ。

捌きの下請けに専念する一方、儲かると言われればどんな仕事も手伝った。

この頃もっとも儲かったのは、自らヤミで落とした牛の肉や内臓を、大阪の中心街・天六(てんろく)（天神橋六丁目）まで行って売りさばくことだった

朝まだ暗いうちに牛舎から引っ張ってきて、橋の下で落とすのである。とばを通す手間賃が省けるので、安上がりの肉と内臓をすべて手に入れることができる。ただし牛は、乳が出なくなったホルスタインで、近くの酪農家から引き取った「へたれ牛」

だ。病死牛であることも珍しくなかった。

幼馴染(おさななじみ)で松井商店の同僚であるミノルが、他の仲卸が「明日やる」ということを聞きつけ、「龍ちゃん、内臓わけてくれる言うてるから、一緒にやらへんか」と誘ってくることもあった。ミノルはお人好(よ)しで、路地内外に仲間がたくさんいたが、せっかくの新鮮な内臓であっても、一人で捌いてヤミで売りさばくまでの度胸がなかったのだ。

少年時代にとばで働いていたとき、龍造は出てきたばかりで湯気のたっている内臓を手にして、初めて「内臓いうのは、こんなに熱いんか」と、気色が悪かったことを覚えている。割るとすぐに肛門(こうもん)を結わいて、糞尿(ふんにょう)が漏れるのを防ぐのだが、四つある胃の内容物の臭(にお)いは相当なものであった。

しかし気持ちが悪かったのも最初だけで、要は慣れの問題である。幼い頃からの経験が、ここで役に立った。

仲卸業者がせっかく苦労してヤミで落としても、巨大な牛のことだから内臓まで手が回らない。それでミノルに話がまわってきた。落としを手伝うのが条件で、その代わり内臓はタダだ。

湯気の立つ内臓をその場で受け取ると、ミノルとともに、路地とその他の地区とを隔てる西除川で汚物を洗い流し、適当に切り分けてリヤカーに積む。その上からビニールシートを被せて警察に見つからないように早朝、天六まで歩いて行くのである。

内臓は正規の内臓屋を通してしか手に入らないから、

「牛のホルモンや。見てみいや。今朝、割ったばっかりやでーッ」

そう怒鳴るだけで、あっという間に売り切れた。このときばかりは、朝鮮人であろうが日本人であろうが関係ない。みな寄ってたかって、買い求めた。

多い時は一〇頭分まとめてトラックで運んだこともあったが、これも二、三時間で売り切れた。捌き職人の月給が八〇〇〇円の時代に、儲けは八万円を下らなかった。

帰りはご機嫌で、「飛田に寄ってから帰るわ」というミノルを残し、龍造は一人トラックで河内天美の店まで戻った。ミノルには、飛田に贔屓のスミという女郎がいたのだ。

龍造も遊びは好きな方だが、子供も生まれ、早く独立するためには以前のように遊んでもいられない。ちょっと気がゆるむと、この気性だから極道になるのは目に見えていた。とにかく必死で仕事に食らいつき、金を貯めることで実社会とつながる糸を自ら切らないように気を付けていたのだ。

ただでさえ、ヤミで売りさばくのはリスクが伴う。その儲けを女に遣ってしまうのは馬鹿らしく思えた。

飛田に行く代わりに、店にもどると社長の松井の妻を何度も抱いた。やがて店じまいの時間になると、さっさと向野へ、捌きの手伝いに向かうのだった。

松井商店を辞めるまでの間、松井の女房との関係は続いたが、龍造は「松井のおっさんめ、ええ気味じゃ」と、特に念入りに抱いてやった。「女に金かけるのはアホのすることじゃ」と、決めつけた。

その点、松井の女房は、金がかからないどころか、時々は帳簿を誤魔化して龍造にそっと小遣いを渡すほどだった。「若いうちは年増にかぎる。若い女は成功してからや」と算段していた龍造は、二、三の人妻を寝とって適当にウサをはらしていた。

数年すると龍造は、松井の本店と支店の両方の責任者を任されるようになる。

天下茶屋の本店には龍造よりも古株の中辻という先輩がいたが、あまりに露骨な嫌がらせをしてくるのでどつくと店を辞めてしまい、そのまま龍造が責任者となった。

捌きの技術を教えてくれた流しの職人の元山は、とうに違う店に移っていた。

四番目の子、善広が生まれた昭和四八年当時、高卒の国家公務員の初任給は四万五〇〇〇円程度だったが、龍造はすでに一八万の月収を得ていた。中卒のこの手の職人とはいえ、この当時は一年で一万円以上、現在にすると年四万円ほどの割合で、所得が上昇していた。

すでに昭和四四年七月には、同和対策事業特別措置法（同対法）が制定されていた。それまでトタン屋根に木造、共同井戸に共同便所が当たり前だった路地の長屋は潰され、鉄筋コンクリートの最新の団地が次々と建設されていった。

上原の家は農家だったから自前の井戸、便所を持っていたが、水道が引かれるようになると井戸には蓋がされた。「かっちゅう長屋」も解体され、住民たちは新しく建てられた団地へと次々に引っ越した。

四人の子供をもつ龍造も、手狭になった実家を出て、新築四階建ての改良住宅と呼ばれる団地に越していた。その時点で三人の子がいたので、特別に一階の部屋が龍造一家にはあてがわれた。

団地には風呂がなかったので、路地の者たち専用で使っていた共同浴場も新築された。それ以外にも路地の近隣には銭湯が二軒あったが、見栄っ張りのマイをはじめ一部の者は、路地の者と見られたくないという理由で他所の銭湯を使っていた。

同和対策事業の一環として、長屋の跡地には総合病院が建ち、保育所も二つ設置された。昭和四七年には、「日本列島改造論」をぶち上げた田中角栄が首相に就任、公共事業が路地ばかりでなく激増していた。

日本は未曾有(みぞう)の好景気に沸き、日本人の牛肉消費量もこの一〇年ほどで三倍に伸びた。革職人や下駄職人たちはみな一斉に肉屋へと転身、更池の路地では四〇軒もの食肉仲卸が興(おこ)され、実に住民の八割が何らかの食肉産業に就くようになる。

龍造はまさに、こうした時代の波に乗ろうとしていた。

第四章　部落解放運動の気運に逆らって

龍造は、山口武史については一つだけしか覚えていない。路地の銭湯の前で、武史が三人の極道相手に大立ち回りしているシーンだ。龍造はまだ幼かったが、鮮明に覚えている。

山口武史は大正一〇年（一九二一）生まれで、龍造とは三〇近くも離れている。武史は身長一八〇センチ、体重九〇キロと、当時としては巨軀である。幼い龍造だけでなく、路地の誰もが武史のことを知っていた。

武史は、更池で生まれたが、幼い頃に母を亡くしてから、父親の松太郎の親戚が奈良の路地に多かったため、奈良をはじめ大阪の富田林などの親戚をタライ回しにされて育った。そんな武史がグレたのも仕方ないことで、一二歳のときから博徒の見習いとして、小さな組で働くようになる。

やがて太平洋戦争が始まると、武史も徴兵され、その体格を見込まれて通信兵として中国へ渡った。

通信兵といえば聞こえはよいが、当時の無線機は大型で、背負うと四角い甲羅のように見えた。重量は四七キロもあり、もともと馬で運ぶことを想定して造られていた。しかし戦況が深刻になるにつれ、やがて馬は兵士より貴重となり、通信兵が一人で背負って運ばざるを得なくなったのである。

そのため、兵隊の中でもっとも体力がある者が通信兵に選ばれるようになり、ガタイのよい山口武史が必然的に選ばれた。

武史はしかし、字の読み書きができなかった。だから伝令を受けても読めない。そこで通信兵になったことをきっかけに、読み書きだけでなく、通信技術に関する暗号文字や記号を必死に覚えた。それがのちのち、武史の身を助けることになる。

二〇歳で通信兵になった武史は、それから終戦までの四年間、重い通信機を背負い、中国各地を転戦した。

四七キロもの通信機を背負っていては、隊列に追い付くのがやっとで、そのため兵隊たちは、通信機を含めた通信兵のことを、畏怖(いふ)と皮肉をこめて「沈め石」と呼んだ。敵から狙(ねら)われやすいのと、泥濘(ぬかるみ)に足をとられるとそのまま上がってこられないからだ。

通信兵がへばると、他の兵隊が通信機を担(かつ)がなければならないので、同年兵たちは武史が倒れないか、気が気ではなかった。泥炭地に遭遇すると、武史は飛びこむようにして四肢を投げだし、匍匐(ほふく)前進で通信機を運んだ。

武史は部隊で、その巨軀ゆえに恐れられる存在ではあったが、兵隊たちには妙に人気があった。

意地悪な上官から「おい、エッタ」と呼ばれると、武史は返事をしない。すると直立不動で立たされて、思い切りどつかれる。上官が去ると、兵隊たちが駆け寄って倒れたままの武史を介抱してやるのだった。

「なんでエッタやいうだけで殴られなアカンねん。オレは二等兵以下の三等兵やのお……」

「あんたもアホやのう。返事だけしとればええのに。なんでそんなしょうむないところで意地張るんじゃ。そんな反抗的なことしとると、山口よ、体がいくらあってももたんぞ」

「まあ、見とれ。三等兵には、三等兵のやり方があるんじゃ」

十数年前、同じく二等兵（二等卒）だった岐阜の路地出身の北原泰作(たいさく)が、軍隊内の差別撤廃を天皇に直訴し、逮捕された「北原二等卒直訴事件」を、武史は知っていた。

しかし武史からすれば、北原のやり方はまどろっこしかった。

「天皇陛下みたいな雲の上におるお方に言うて、どない軍隊が変わるっちゅうんや。直接、本人にやり返した方が効果的じゃ」

軍隊内で、自分が路地の者だから差別されているとわかった武史は、すぐに行動を起こした。

偉ぶった上官がいれば、その酒に小便を入れるのは序の口で、軍靴を片方だけ盗んでやったりもした。それでもしつこく差別されると、夜中にその上官の幕舎へしのびこんで、寝クビをかいた。

思想信条に生きた理想家の北原と違い、武史はどこまでも現実的だった。やられたらやり返すだけだ。

そのため上官たちからは恐れられたが、武史の大胆な行動に兵隊たちは拍手喝采した。

「ホンマいうたら、寝クビかく言うても、べつに刺したりするんやないで。ただ夜中に寝てるところへそーっと忍び込んで、ワッというて脅すだけや」

武史は同年兵にそう語っていたが、実際は上官の首に銃剣を当て、耳元で「次やったら殺すどッ」と囁いていることについては黙っていた。余計なことは話さないタチだった。

武史が二四歳になったとき、戦争は突然、終わった。

中国の戦況は、南方に比べればまだマシだったが、敗戦とわかるともはや指揮系統は意味をなさなくなり、散りぢりに敗走するばかりとなった。

すでに東京、大阪が空襲に遭い、広島、長崎に新型爆弾が落とされたという情報は入っていたから、兵隊たちにとって、戦争に敗れたこと自体、特にショックではなかった。それよりも「これでようやく日本へ帰れる」という思いの方が強かった。

武史はやがて引揚船に乗り、鉄道を乗り継いで大阪の更池へ戻った。

田舎だった更池は空襲を免れていたが、落ち着いてみると農業以外、これといって金になりそうな仕事はなかった。

そこで武史は、通信兵だった経験を活かして、被災した新世界にできた闇市で電気部品を並べ、修理などをする露店を開く。

大空襲で廃墟となった新世界の闇市では、朝鮮人が大手を振って歩いていた。それを見た武史は「日本はホンマ、負けたんやな……」と、改めて実感した。大陸でも、日本が負けると中国人がコロッと態度を変えたのは見ていたが、それと同じことが日本国内にいた多くの朝鮮人にも見られたのだ。

「あんたは帰ってきたばっかりやから知らんかったやろけど、そら、今は朝鮮人いうたらえらい勢いやで」

闇市を仕切っていたテキヤ系の極道が「あんたの場所はここや」と案内しながら、そう教えてくれた。

「そうか。それでおどれらは、じーっと指くわえて見てるだけかい」

武史が不満気にそう啖呵を切ると、極道はべつに怒るふうでもなかった。極道よりも復員兵の方が、よほど荒っぽかったからだ。

「まあ、そうイキりなや。どっちみち、チョン公とはことを構えることになるやろ。今、ポリさんをこっちに付けとるところやがな」

しかし、その極道の出る幕はなかった。

ある日、同じ場所で古着の露店を開いていた片足の復員兵が、トラブルに巻き込まれて朝鮮人数人に袋叩きにあったのだ。

その男とは、わずかに言葉を交わすだけの仲だったが、以前から朝鮮人の傲慢な態度を苦々しく思っていた武史は「舐めやがって」と腹にダイナマイトを巻いて、大阪市内にあった在日本朝鮮人連盟（朝連。のちの朝鮮総連）に殴り込みをかけたのである。

　このときは、驚いて出てきた朝連の幹部たちが事情を聞き、自分たちの非を認めて詫びを入れことなきを得たが、その一件を機に、一気に「新世界に山口武史ちゅう、どえらいのがおる」という噂が立った。

　二、三日すると、顔見知りのテキヤ系の極道が「あんた、商売の最中にすまんけど、ちょっと顔かしてくれんか」とやって来た。極道の腰は低かった。ショバ代もキチンと入れていた武史にやましいことはない。復員兵姿のまま、堂々と極道に付いて行くと、バラック小屋が事務所になっていた。

「組長、連れてきました」

　奥から出てきたのは、ドテラを着て頭を角刈りにした、太った男だった。

「あんたか、朝連にダイナマイト持って殴り込みに行ったたちゅう人は。ホンマ、ええ度胸しとるのう。うちの組のもんがもうちょっとシャンとしとったら、こんなことにはならんかったのにのう。ホンマ、うちの奴らは根性足らん。あんたにもえらい迷惑かけたな」

　男がそう言うと、周りを囲んでいた若い衆は、バツが悪そうにうつむいた。武史は無言のまま、男と向かい合った。

「今日呼んだんは他でもない。どないや。ちょっとうちの組に、手ぇ貸してくれへんか。あんたみたいな度胸のあるもんがおらんと睨みがきかん。またおんなじことが起こらんともかぎらんしな」

男は「ワシは小西寅松いうんや。あんたはまだ帰ってきたばっかりやろうから知らんかもしれんけど、ここでは誰でも知っとるから、いっぺん訊いてみてくれ。あんたを男と見込んでワシも頭下げるんや。手ぇ貸してくれるか」と言った。

小西寅松といえば、国政にも出ている人物だ。復員兵の武史でも、名前だけは知っていた。

「ワシは山口武史いいます。せやけどワシ、電気のこと以外、何も知りまへんで」

男はそれを聞くと、大声で笑った。周りの若い衆も笑った。

その日から、武史は小西寅松の食客になった。

小西寅松はここ天王寺一帯だけでなく、大阪中に顔のきく極道の大物であった。

「自分は侠客の代表として、国会へ来ている」

この発言のみで、のちのちまでケタ外れの政治家として記憶されることになる小西寅松は、表向きは土建屋寅林組の社長で、昭和二一年の総選挙で代議士になっていた。

そこに武史を従業員として入れたのだが、要は小西の用心棒である。

小西は路地の者ではなかったが、戦前まで博徒やテキヤを仕切る親分の一人としてよく知られていた。戦後になると、表向きは足を洗ったことになっていた。

のちの話になるが、昭和三一年から翌年にかけて徳島県小松島市であった山口組系小天竜組と、平井組・福田組との抗争では、小西自身が仲介に入って抗争を終結させている。この「小松島抗争」はその後、山口組の全国制覇のきっかけの一つとなる出来事だったが、武史はこの小西の寅林組に入ることになったのだ。

こうして武史は寅林組の電気・配線部門で働きながら、実際は下部組織の土亀組の若い衆の面倒を見ることになる。

この土亀組は、小さいながらも戦前からある組で、真偽のほどはわからないが、「天皇の護衛をした」というのが自慢だった。以前、本拠を奈良の橿原（かしはら）神宮前に置いていたから、そう言われるようになったらしい。奈良で親戚をタライ回しにされて育った武史にとっては、居心地の良い組だった。奈良と更池のある松原は、山を挟んでそう遠くはない。トラックでも一時間かからないくらいの距離だ。

しかし武史は、見込まれても幹部である若頭にさえなろうとしなかった。決して正式な盃（さかずき）を交わそうとはしなかった。

群れるのをよしとしない根っからの一匹狼（おおかみ）だったからだが、理由はそれだけではない。

軍隊生活をへてからというもの、布団のシーツの角もピシッと立っていないと気がすまないほどになっていた。礼儀作法はもちろんのこと、目上の者であろうがなかろうが、スジが通っていないことには意見した。そのストイックな性格が災いして、組員からも「小うるさい奴っちゃ」と避けられるようになっていたからだ。

普段は大人しい電気技師であったが、いったん酒を吞むと猛り狂った。自分でも歯止めがきかなくなり、相手が朝鮮人でも目上の極道でも、果ては警察であっても手加減なく大暴れした。武史は酒が入ると幼い頃のつらかったこと、亡くなった戦友たちのことを思い出し、刹那的になってしまうのだった。

まだ幼かった龍造が目撃したのは、このときのことだ。龍造も酒が入ると刹那的になって見境がなくなったが、武史ほどではなかった。

酒癖の悪さは、武史本人も自覚していた。こんな性格では、命がいくらあっても足りない。そのため生粋の極道にならぬよう、自らを戒めていたのだ。

小西の食客となって日を過ごしていた昭和三一年のある日、近鉄南大阪線・高見ノ里駅前の知り合いの酒場で吞んだ武史は、酔い覚ましがてら、ひと駅先の更池まで歩いて帰ることにした。その途上、向こうから歩いて来た若い極道と、すれ違いざまに肩が当たった。

「オイコラッ」

まだ少年のような雰囲気の抜けない若い極道が、イキがって言うが早いか、武史は、いつもサラシに巻いていたドスを取り出すと、無言でそいつの脚に突き立てた。

「ぎゃあッ」

近くにいた仲間の極道が異変に気づき、すぐに駆けつけ、三人がかりで襲ってきた。武史は三人を向こうにまわして大暴れし、次々に刺していった。

そして悠々と路地に帰ったところを、通報を受けた警察に逮捕されたのだった。

相手が死ななかったのが唯一（ゆいいつ）の救いだった。

「正当防衛じゃ。ワシは脚を刺したんや。殺そうと思ってやってない。ホンマに殺そう思たら、急所をねろうとる」

それが武史の言い分だったが、相手が極道とはいえ、肩が触れただけで四人も刺傷したのだ。「恐ろしいやっちゃ。こんなのを世に出しといたら、また何するかわからん」と一〇年の刑を食らい、そのまま網走（あばしり）刑務所へ送られることになった。

網走刑務所は、極道者が送られることで戦前からよく知られていた。

当時の網走は、囚人たちを率先して農作業などの労働に従事させていたが、その過酷さは日本最北の刑務所という環境もあって、他の刑務所の比ではなかった。

「なんもかも、酒が悪いんじゃ。こんなこと繰り返してたら、ホンマ、体がいくつあっても足りんのう」

武史は獄中で悔い改め、刑務所生活を契機として、極道生活から足を洗って「断酒」を決める。模範囚だったこともあり、刑期を二年残しての出所となった。昭和三九年のことである。

武史は自分の狂気を抑えようと、出所後は路地に戻らず、まずは福井県にある有名な禅寺・永平寺に入門して修行をしようと決めた。これは刑務所の中で常々考えていたことだった。

しかし、陰湿な坊主たちのイジメに遭うと、坊主数人を向こうに回して大ゲンカになった。今回ばかりは、ドスがなかったのと日ごろ鍛錬している坊主が相手だったため、逆にふくろ叩きにされて寺を追い出されてしまった。

「永平寺の坊主は拳法やっとるから強い。さすがにオレも、これには勝てんかったわ」

そう語って路地に戻った後は、一電気技師としてやり直し、カタギに徹した。

路地の者たちは、陰では面白おかしく「人斬りのタケ」と呼んでいたが、武史本人は「恥ずかしいこっちゃ」と神妙にしていた。しかしその謙虚さがまた武史の評判を上げ、地まわりの極道衆からも一目おかれる存在となった。

水平社運動に参加しなかった「物言わぬ路地」であった更池にも、やがて解放運動の波が押し寄せてきた。国が本腰を入れて同和対策を始めるという話も支部設立の気運を高め、昭和三八年二月七日に部落解放同盟（解放同盟）松原支部結成大会を開いて支部を設立した。二年後の昭和四〇年には、総理府の諮問（しもん）機関から国が部落差別を公（おおやけ）に認め、早急な解決が責務であると認めた「同和対策審議会答申」（同対審答申）が出された。

同和行政の主導権を握るため、解放同盟が全国に次々と支部を設立していた流れが、水平社運動の歴史を持たなかった更池にも押し寄せ、路地で世話役を務めていた山口豊太郎が初代支部長となることが決まったのだ。

豊太郎が路地でまず行ったのは、中核となる支部員のオルグだった。運動の基盤のない更池では、活動家が皆無だったからである。

やがて大阪大学や大阪市立大学の学生活動家が卒業すると、一部は市の職員となって解放同盟によって更池に次々と送り込まれることになるのだが、そこには解放運動の気運がなかった更池独特の事情があった。

更池では、金や学があるものは、やがて路地を出て行く。実際、路地に江戸時代からいた四つの家のうち、三家はすでに土地を売って出ていた。路地にいると、いつまでも「エッタ」だの「ヨツ」だのと侮辱されるからだ。結局、残っているのは、外に出る力のない貧乏人だけとなっていた。

そこで支部設立の話が出たとき、更池の地主で、路地の名士として通っていた山口豊太郎は、更池の将来を考えて支部設立を快諾する。

しかし、人手が足りない。

そのテコ入れの一策として、豊太郎は路地のこれといった人々に声を掛けていた。カタギになった武史にも支部への加入を勧めるため、豊太郎自ら自宅を訪れたのだ。

武史は、古い平屋の一戸建ての一室を作業場にして、ケーブルや電気器具に囲まれて作業していた。

「おい、武史おるか」

珍しい来客だった。

路地の名士である豊太郎は、武史にとって遠戚にあたる。幼い頃に何度か小遣いをもらったこともあるし、網走から戻った武史が、電気技師として独立したときにも、店を開くための土地のことで世話になっていた。

　武史は恐縮しながら座布団を出し、縁側で豊太郎とともに腰をかけた。

「どないや、商売は。順調か」

「お陰さまでどないかやってます。オヤジさんも元気そうで」

「うん、ワシのことはええねん。ところで武史、部落解放同盟ちゅうのが更池にもでけてんの、知っとるか」

「なんですの、それ」

「お前が知らんのも無理ないが、ワシら昔から、エッタやヨツや言うて差別されてきたやろ」

「まあ……そうでんな」

「学校で先生に差別されて、軍隊でも差別がひどかったって、お前も言うとったやろ」

「そうです」

「結局な、お前が道はずしそうになったのも、その差別のせいなんや。お前、それに気ぃついてたか」

「せやかて、まあ、オレもそういう奴には、ガツンと拳骨（げんこつ）くらわしてきましてん。そやから、オレが差別のせいで道外したいわれても、ピンときませんわ」

「お前が一本どっこで闇市から頑張ってきたんは、ワシもよう知っとる。極道から足洗うて、ムラの中で電気の仕事やって頑張ってるのも見とる」

「もう、酒も飲んでまへん。あれはキチガイ水でっさかい」

「そこがお前の偉いとこや。ワシもお前のそんなところを買うとる。せやけどワシは、お前はもっと人の役に立つ人間や思うねん」

「はあ……」

「だからいっちょう、ワシの仕事手伝ってくれんか」

武史は怪訝な顔をした。

「仕事て、なんです」

「さっき言うた、解放同盟ちゅうのが、更池にもでけたから、その支部員になって手伝って欲しいんや」

「オヤジさん、オレは極道の中でもはぐれもんやった男でっせ。オヤジさんの手伝いやったらなんぼでも引き受けまっけど、何とか同盟いうのに入るのは、オレの性分では無理ですわ。周りも迷惑がると思います」

「あんな、お前な、そんな体裁、気にしとる場合やないねん。ムラの人間が今、どういう暮らししてるか、知っとるやろ」

「まあ、他と比べたら肉屋が多いですな」

「それもそうやけど、みんな字ぃの読み書きもでけへんやないか。お前もそうやろ」

「いや、オレは独学で電気技師になりましてんで。字ぃ読まれへんかっても、誰でもその気になれば、職人とか技師にはなれますやん」

「それはお前が、軍隊に入って人並はずれてガンバッてきたからやないか。他のもんにそれができるか、ちゅう話をしとんねん」

「まあ、本人次第ですやろな」

「今のご時世、ムラのもんのほとんどが字ぃの読み書きもでけへんいうのは、おかしい思わんか」

「まあ、そうでんな」

「そやろ。お前はいま電気技師やっとるけど、それは軍隊で学んだことやろ。ムラのもんで今、そんな職に就こう思たら、字ぃの読み書きでけへんかったらなられへんねんで。運転免許も取られへんから、肉屋やっとっても、無免許でトラック乗っとる。昔みたいに、リヤカー引っ張って行商する時代やない」

　武史は「なんや、ようわからん話になってきたな」と、豊太郎の真意をはかりかねていた。

「だからそんな、字ぃも書かれへん、車の免許も持たんと無免許でトラック乗っとるムラのもんの環境、良ぉしてこう、いうのが解放同盟の運動なんや。それにはお前の力がいるんや。お前はいま電気技師やって手に職もってるからええかもしれん。せやけどお前、自分さえよかったらそれでええんかッ」

「………」

「ムラの子も、差別されて勉強もでけへん。なんでや言うたら、差別されてるから、親にまともな仕事がないわけやろ。せやから子供を学校にも行かさんと、仕事手伝わすわけやろ。更池は確かに食肉で食うとる。せやけど子供ら、まともに学校いけてへんやないか。結局、子供らにまともな教育うけさすこともできてへんやないか」

「まあ、そう言われたらそうでんな」

「お前も学校行かれへんかったんやから、その辺の苦労わかるやろ。それにみんながみんな、お前みたいに努力できる子ばっかりちゃう。だからこの悪循環を断つために、お前の力が必要なんや」

「オヤジさん、わかりました。オレにできることやったら、手伝わしてもらいます。せやけど、その同盟いうのに入るのだけは、もう少し考えさせてください」

「よっしゃ、おっちゃんからの話は以上や。とりあえず今週には寄り合いがあってメンバー集めとくから、具体的なことはそこで話ししよ」

豊太郎が帰ったあと、作業を続けながら武史は考えていた。

「お前、自分さえよかったらそれでええんかッ」

この言葉に、武史は「困ったな」と思った。今までそんなことを考えたことが、一度もなかったからだ。自分が若い頃に極道になりかけたのも、それが「差別のせいや」と言われてもピンとこなかった。

「オレは小さいときから、親戚をタライ回しにされて育った。それでグレただけのことで、それはオレの気性がそうさせたんやし、もともと性根が弱かったから、そうなっただけや。他人のせいにするのは好かん」

考えるのは苦手だった。いつも考えるより先に行動に出ていた。武史は「まあ、オヤジさんには世話になっとる。その寄り合いに出たら何するんか、わかるやろ」と考えるのを止め、再び目の前の作業に集中することにした。

豊太郎に誘われて寄り合いに出つづけた武史がまず取り組んだのは、以前から東住吉の矢田（やた）の路地で行われていた「車友会」の活動だった。

「ここのもんは字が読まれへんから、みんな無免許運転や。これを何とかしたらんとアカン」

豊太郎からそう言われた武史は、大和川を挟んで向かい側にある矢田の路地に出向いた。すでに矢田の路地は、解放運動の先進地区だった。そこで実践されていた手法を学んで、更池に持ち帰って「車友会」を開こうとした。これは路地で食肉事業に就く者に、運転免許を取らせるための勉強会だった。

みな働いていることもあり、字の読み書きから始める時間の余裕はない。そこで教習所から講師を引っぱってきて、記号や問題をほぼ丸暗記させ、受験の際にはカンニングの方法まで伝授した。こうして運転免許を取った者は、みな感謝して解放同盟に加入していった。

武史は網走を出所後、酒を「キチガイ水」と呼んで忌避していた。

酒を飲んで暴れる者は、みなそれぞれに事情がある。武史に滔々（とうとう）と説明できるはずもなく、もし説明できたとしても理解できる者はほとんどいないであろう幼い頃の鬱屈（うっくつ）であった。孤独でありたいという性向と、ひと恋しいという思いが葛藤（かっとう）していた。それは常日頃から武史を悩ませた。

そんな武史にも出会いがあり、路地の外の呑み屋に勤める直子と籍を入れ、やがて一人娘をもうけた。

　山口豊太郎は、祝いを述べに武史を訪ねると、こう切り出した。

「武史、お前は若い時にカタギになった。えらいもんや。こうしてかわいい子供もでけた。どや、お前の経験を活かして、今度はムラの子らに教えたってくれへんか」

「教えるって、オレ、学なんかあらしまへんで」

「勉強教えたってくれ言うてんやない。それは学校がやるこっちゃ。人の道、教えたってくれ言うとるんや」

「人の道でっか。せやけどオレ、永平寺でケンカ別れしてもうてるし」

「べつに説法とか、そういう難しい話ちゃうね。ムラの子らのグレかた見てみい。周りのもんから恐れられてんねんど」

「そら、昔からでっさかい。ムラのもんは気が荒いでっさかい」

「それだけやない。根本的な問題としてやなあ、勉強しても差別されて就職先ないから、親も教育に力いれへんからやないか。肉屋やっときゃええってなもんや」

「まあ、そうでんな」

「貧乏やから、子供は学校も行かんとグレる。大きなっても、仕事は肉体労働ばっかりや。その子が親になったら、またその子供もグレる。ムラはいつまでもこんな状態から抜け出せん。せやから、これだけはどっかで断ち切らなアカン。そう思わんか」

「確かにそうでんな」

「だからグレんよう、人の道を教えたってくれ言うとるんや。お前はその点、グレたもののキチンと更生してカタギで頑張っとる。その経験を子供らに話して欲しいんや。教育いうのは、何も学校の勉強だけちゃうねん。差別に立ち向かっていくには、まず子供の教育から変えていかなアカンちゅう話なんや」

これは解放同盟の「差別をなくすには教育から」という方針の受け売りだったが、そこは黙っておいた。

「お前も教育さえ受けてたら、ここまで苦労することなかったやろ。しかもみんながみんな、お前みたいに強うない。弱い子ほど、極道いったりしよる。それを断ち切るには、お前が経験してきたことがムラの子らの役に立つとおっちゃん、思うんや」

「まあ、オレの取り得いうたら、それくらいでっさかいな」

「お前の経験をムラの子らに話して、道を外さんようにしてやって欲しいんや」

「わかりました。難しいことはわかりまへんけど、オレのやれることならやらしてもらいまっさ」

得心すると、武史はさっそく体に入っている刺青（いれずみ）を取ることにした。路地の子らに話をするなら、自分の刺青を見せるわけにはいかないと思ったのだ。

　闇市時代に入れたものだが、二の腕にジープの絵柄を入れただけで、和彫りの本格的な刺青ではない。やはり極道になるには、どこか抵抗があったのだ。

　皮膚科に行って「刺青とってくれ」と言うと、医者は驚いて「そんなことしたら、神経を殺すかもしれんぞ」と受けつけなかったが、武史は「かまへん。やってくれ」と言い張った。そうでもしなければ、路地の子を教え諭すことはできないだろうと思ったのだ。

　手術は成功したが、その跡はケロイドとなって残った。


　昭和四四年七月、「同和対策事業特別措置法」（同対法）が制定された。路地が路地でなくなりつつある頃、こうした公共事業によって、電気技師をしていた武史の商売も軌道に乗り始めた。

「解放運動て、凄いな。差別なくそうっていう運動で、こないムラが良うなるのは、豊太郎のおっちゃんが言うてた通りやな」

　武史もさすがに、目に見えて変わりつつある路地の景色と、まさかの好景気に目を見張る思いでいた。

これは何も、路地に限った話ではない。日本全体が好景気の只中(ただなか)にあった。しかしそれまでスラム化していた路地の変化は、その他の地区よりも劇的だった。

こうして武史は部落解放運動に身を投じることになる。

武史と同様に身を立て直した龍造は、武史とは逆に「金さえあれば差別なんかされへん」という現実主義をとった。この二人だけでなく路地の者みなが、それぞれのやり方で時代の波に乗ろうとしていたのである。

同じ時代を生きながら、まったく逆の方向へ進むことになった武史と龍造だが、狭い路地のことだ。やがて二人は、路地の中で一瞬だけ交差することになる。

第五章

「同和利権」か、「目の前の銭」か——

自分ではやりもしないクセに、肉の捌（さば）きから整形までクチうるさく注文をつける社長の松井には嫌気がさしていたが、龍造が松井商店で辛抱をつづけたのは、ここにいると人脈を築けるからだった。

仲卸（なかおろし）は、捌き以外はと
ばと店の往復、そして各小売店と飲食店への配達が主だから、顔見知りになると自然と話もするようになる。

龍造はちょうど団塊の世代にあたる。

この世代は、地方の農家の次男以下なら、多くは大阪などの都市に働きに出た。中には、職を転々として流れてくる者も少なくなかった。当時、大阪の路地はそうした流れ者が流入していた。学歴も手に職もない彼らは、流れ流れて路地に集まるようになっていたのだ。

龍造が、同じく仲卸をしていた隣町の羽曳野(はびきの)の向野(むかいの)という路地で店を出していた川田萬(まん)と知り合ったのもこの頃だった。川田商店は、川田万吉が戦後間もなくの昭和二二年に設立した食肉卸で、万吉は息子二人とともに店を切り盛りしていた。のちに企業化することを見越して川田商店から「カワナン」へと商号を変えるが、川田の食肉事業全国展開への意気込みが店名の改称に表れている。

中でも次男の萬は、実質的に店を差配しており、龍造より一歳上だった。

顔見知りになったのは、萬がまだ小さな店舗で捌きをしているところへ、龍造が使いに行ったときである。松井商店では商品が足りなくなると、他の仲卸から融通してもらうことがたびたびあったのだ。

一九歳になっていた龍造が向野の川田商店に顔を出すと、すでに一流の捌きを覚え、経営者として伝票に見入っていた萬が、顔を上げて龍造を一瞥(いちべつ)した。

「おう、話は松井から聞いとる。そこに積んであるのがそれや。持っていけ」

「はい」

まだ一〇畳くらいしかなかった川田商店ではあるが、外には枝肉が一〇本ほど並んでいた。取りに来た整形肉は、ズダ袋に入れて「松井」という札が付けてあった。

龍造が袋に詰められた肉をミノルと一緒に積んでいると、萬が声を掛けてきた。

「おい、上原いうのはどっちや」

「オレです」

萬はじっと龍造を見つめた。

「お前か、武田剛三を包丁もってとば二周した、いう奴は」

「はい」

「なかなか根性ある顔しとる。お前、うちの北本さんのところにも夜、捌きのスケに行っとるんやろ」

「そうです」

「どんな突破な奴や思うたら、よう仕事頑張っとるやないか。何か困ったことがあったら、いつでもオレに言うてこいや。オレもそうとう突破やけど、極道詰めたお前も、そうとうなもんやの。見込みあんで」

それだけ言うと、萬はすぐに伝票に目を落とした。向野の中でも川田商店が小さいながら手広く商売をしていることは龍造も聞いていたので、実質的な経営者である萬に顔を覚えられて悪い気はしなかった。そのときの龍造は、早く萬のように、捌きだけでなく伝票を切るような者になりたいと思った。龍造が川田を本当に頼ることになるのは、まだ先のことだ。

萬との出会いから数年後、日に四頭の枝肉を一人で捌く技術を身につけていた龍造は、松井商店で人脈を着々と広げながら独立を虎視眈々と狙っていた。大阪市内の小売店から高級ステーキ店「オリンピック」をはじめ、神戸や広島の得意先とも懇意になっていた。

整形肉をパック詰めするのも、近隣の店では松井商店がもっとも早く、それを提案したのは龍造だった。業務用のパック詰め機器を購入する経費を考えて、松井はなかなか承知しなかったが、龍造は強引に説き伏せた。結果、得意先からも「保存がええ」と評判になった。

こうして龍造の評価があがると、松井は、独立をなかなか許さなかった。腕の良い職人で仕事が速く、率先して新技術も取り入れる気性は、松井世代にはないものだったからだ。

それに独立を許してしまうと、手ごわい商売敵になるのは目に見えていたから、「まだ早い。三〇になるまで待ちや」と言って聞かなかったのである。

すでに支店を含め三軒に店を増やしていた松井だが、「ここにいても先がない。これ以上の成長は無理や」と龍造は見切りをつけていた。

龍造が辞める直接のきっかけは、松井の女房との一件だった。

その頃には、松井の女房と龍造の仲は公然の秘密となっていて、知らないのは主の松井だけだった。

龍造が独立の準備をしているとき、ちょうどそれが露見した。どこで知ったか判然としなかったが、松井の二号が告げ口したのだと噂になった。独立の機会をうかがっていた龍造も、あえて関係を隠そうとしなかったので、二号の耳にも話が伝わっていたのだろう。

それを聞いた松井は、真っ昼間に店に駆けつけ、顔を真っ赤にして龍造の前に立ちはだかった。

「おどれ、お前をここまで育てたのは誰や思てんねんッ。飼い犬に手を噛まれるいうのはこのことじゃッ」

職人たちの手が一斉に止まった。事務員たちも、ことの成り行きを見ようとガラス越しに身を寄せた。ついに来るときが来たかと、みな固唾をのんで見守っている。

「何のことや」

「何のことやあるかいッ。お前がよう知っとるやろが。ここまでお前を世話したったのは誰や思てるんじゃッ」

龍造はそれを聞いてにやっと笑った。

「オレは、お前の世話になったとは思ってない。店を仕切ってここまで儲けさせてきたんは、オレやないか。それを二号までもって、店の女にまで手ぇ出したんはお前の方や。女房に手ぇ出されてもしゃあないやろ」

龍造はもう、松井のことを「社長」とは呼ばなくなっていた。

「なにぬかしとるッ。人の女房に手ぇ出しくさりやがって。どないなるかわかっとるのかッ」

「ほお。どないなるちゅうんじゃ」

龍造は、それまで手にしていた小さなサバキ包丁をまな板に置いて、より大きな平切りを手にした。

物言いは静かだが、すでに龍造の顔は憤怒で真っ赤になっていた。

「どないなるんか、教えてくれや」

龍造にそう睨みつけられた松井は、グッと詰まった。

店の上役であっても、偉そうにする職人には取っ組み合いのケンカどころか、そこら辺にあるものを手にしてメッタ打ちにする龍造の気性を思い出したのだ。しかもその手には、すでに包丁が握られている。松井も、龍造がたとえ極道相手であっても容赦しない男であることを知っている。

「お前のやり方には、前からムカついていたんや。なんやったら、ここで白黒つけたってもええんやど」

松井はうろたえ、周囲を見回しながら怒鳴った。

「な、なにぬかしとるッ。誰に向かって言うてんか、わかっとんのか」

これまでだった。これ以上放っておくと龍造のことだ。何をしでかすかわからない。隣で捌きの手を止めて見ていたミノルが、龍造を後ろから羽交い締めするように抱いて言った。

「龍ちゃん、そのへんにしとけ。いま事を起こしたらどないなるか、わかるやろ」

それでも龍造は、体を固くして松井から目を逸(そ)らさなかった。

そこへ連絡を受けた松井の女房が、自宅から駆けつけた。

二人が相対しているのを見て事情を察した女房は、龍造のもとへ駆け寄り抱きついた。

「龍、堪忍(かんにん)して。堪(こら)えたって」

拍子抜けする龍造に、松井はそっぽを向いて吐きすてるように言った。

「龍、お前はもう出て行けッ。ワシの店には金輪際、近づくなよ」

「おう、ぬかせッ」

龍造は包丁とヤスリをサッと白布に包むと、ミノルに抱えられるようにして店を出た。

龍造の育ての親である叔母のマイは相変わらず、龍造が独立して店を構えることに最後まで反対したが、松井の妻を寝とって店を出たと知って、さすがに戻れとは言わなかった。父親の豊春は「土地もあるんやさかい、好きにさしたったらええがな」と、息子の肩をもった。

龍造はさっそく、牛を飼えるほど広い屋敷の一部をつぶして工場を建てることにした。作業場には一〇畳ほどのスペースをとり、事務室を三畳、それに冷蔵庫に四畳半分をあてがった。

昭和五二年、二八歳にして龍造は実家の屋敷を一部改造し、ついに「上原商店」として独立することになった。

これだけの設備の店を構えるには、何らかの融資が欠かせない。幸い、八年前に同和対策事業特別措置法が公布・施行され、その一環として融資が受けられることになっていた。

さらに大阪では「同和事業促進協議会方式」（同促協方式）と呼ばれる独自の仕組みがあった。路地の代表者や、行政の関係者で構成される同促協を通じて同和対策事業を行うというものだ。そのため同和関連の融資を受けようとする場合、希望者は各地区の同促協に申請し、推薦を得て同和金融公社で融資を受けることになる。

「解放同盟をはじめとする運動体が事業を私物化したり、逆に行政側が同和事業の主導権を握ったりすることも避けられる」というのが同促協方式が作られた理由だが、それは建前で、実際には協議会の理事には解放同盟員が多くついていたので「部落解放同盟が同促協を牛耳っている」、「行政の下請け団体」、「解放同盟大阪府連とは表裏一体」などと、日本共産党などから批判された。

そんな事情も知らない龍造は、窓口でもない市役所へ融資の申し込みに行った。作業着に長靴、前掛けだけ外した姿の龍造が、窓口で申し込みをすると、小柄なメガネをかけた若い職員が言った。

「上原龍造さんですね」

「そうです」

「あのー、申し訳ないんやけど、あんたに同対の融資受ける資格はあるんですけど、これは解放同盟を通じて同和金融公社に申し込まなアカンのです」

川谷純夫というその職員は、龍造にそう告げた。

「そうでっか。解放同盟とおすって、どこに行けばええんですか。山口の豊(とよ)さんのところですか」

更池にできた部落解放同盟の支部長となった山口豊太郎の自宅は、上原のちょうど隣家にあたる。龍造は解放同盟というものが更池にもできて、いろいろな便宜をはかってくれているとは聞いていたし、豊太郎が支部長をしていることも知っていたので、そう訊(たず)ねたのだった。

「いや、支部長やのうて、同対事業の窓口は今、武田さんですねん」

それを聞いた龍造の顔が一瞬で凍りついた。

「武田って、どこの武田や」

「武田剛三さんですわ」

武田剛三とは、龍造が牛刀を持って追いかけ回した因縁の男だ。

驚いた龍造は訊(き)き返した。

「なんで融資受けるのに、剛三のとこに行かなアカンねん」

「武田剛三さんが係をやってはるから、そこから申し込んでもらわんとアカンのです。私らの一存ではでけんのです」

山口豊太郎は、山口武史をはじめとする数人に声を掛けて、それぞれに同和対策事業や教育対策などの係を決めていた。解放同盟は同和対策の窓口を実質的に独占していたので、同盟を通さない限り、その恩恵を受けることはできなくなっていたのだ。団地に入るにも解放同盟を通さなくてはならなかったが、そこまでは龍造も知っていた。解放同盟の集会など、動員がかかった時に出なくてはならないのが〝暗黙の了解〟だったが、それは妻の恵子に任せていたので、龍造にはあずかり知らぬことであった。

団塊の世代とはいえ、龍造は政治にはまったく関心がなかった。同世代の学生運動が連日、報道されているときでさえ「大学行ってるボンボンが何ほたえとんのじゃ」と、逆に馬鹿（ばか）にしていた。更池に支部が設立されたのも知ってはいたが、そんな差別たら何たら言うてるヒマあったら、ちっとは金儲けせえよと思っていたのだ。

龍造は常日頃、恵子にこう言っていた。

「人間はな、金さえ持ってれば馬鹿にはされん。ここの人間で金ない奴はアカン奴ばっかりや。解放運動たらいうのに参加してる奴は、たいがいそんな奴や。己の才覚と腕一本さえあれば、差別されてもどうってことあらへん。差別されんのは己が怠けてるからじゃ。貧乏やから差別されるんや。金さえ持てば、誰にも後ろ指さされるようなことはない」

龍造はそう喝破していた。だからこそ、仲卸として独立を目指したのである。

ただ一つの計算違いは、いま流行りの市民運動の団体だと思っていた解放同盟が、大きな権力を握っていたということだった。ラジオのニュースで「組合」だの「市民運動」だのと報じられて耳にはしていたが、路地で結成された運動団体が、行政を動かすほどの力を持っているとは、思ってもみなかったのだ。

武田剛三が長兄の幸介の説得により極道から足を洗い、すでにカタギの仲卸になっていたことは知っていたが、そのうえ解放同盟の一員として更池で幅をきかしていることまでは知らなかった。

「なんでやねん、解放同盟やったらだれでもええんとちゃうんかい」

「いや、だから係しとんのは武田さんなんですわ」

「解放同盟は山口の豊さんがトップなんやろ。ほんだら豊さんでええんとちゃうんかい」

「理屈ではそうなりまっけど、それはあんたの方で話し合ってもらわんと、こっちではどうにもなりませんのですわ」

大阪では前述の通り「同促協方式」が導入されていたので、武田剛三が直接の窓口ではない。しかし剛三はまだまだ松原支部では下っ端ながらとりあえず受付係についていた。事情を知らない市の若い職員は、軽い気持ちで剛三の名前を出したのだが、龍造は武田の名を聞いただけで、憤怒のあまり爆発しそうになった。

時代は変わりつつあった。

一匹狼でやってきた龍造には理解できない世界だった。新技術の導入をどこよりも早くした龍造だったが、結局は一般社会ではどこにでもいる、ただの独立心旺盛なだけの一職人だったのだ。

たとえどうあろうと、武田剛三が窓口になっているからには、解放同盟には意地でも頭を下げられない。剛三に頭を下げるくらいなら、営業先一〇〇軒に頭を下げて回る方がよほどマシだと思った。よくよく考えれば、山口豊太郎に頼み込んで交渉すればよかったのだろうが、剛三が嚙んでいるとわかって、龍造は一気に頭に血がのぼってしまった。

しかし独立を決めたからには、あれこれ悩んでいてもしょうがない。龍造は銀行に直接融資を申し込み、方々で借金して何とか開業にこぎつけた。とにかく今は、自分の店を軌道に乗せることが先決だと自分に言い聞かせた。

龍造が独立すると、松井が得意先の方々で龍造の陰口を吹き込むようになった。

こうなると遠慮はいらない。龍造は松井商店で培(つちか)った人脈をフルに活(い)かし、松井の得意先を次々に奪っていった。龍造が真面目(まじめ)にやってきたのは得意先もよくわかっていたし、評判が悪いのは松井の方だった。そのため、松井はたちまちのうちに得意先を失っていった。

独立後には、とばの組合にも入った。得意先の新規開拓も積極的に進め、Tボーンやサーロインなど、牛肉の中でも最高級部位を集めて売ることも始めた。小さな店なので、効率よく利益をあげるため、高額商品に目をつけた。

当時は大阪の名店オリンピック、大阪ロイヤルホテルなどの高級店に卸す専門業者がいて、そこに流すと儲けになったのだ。

自分がセリ落とした枝肉だけでなく、向野や堺の卸業者を訪ねては、Tボーンやサーロインなどを買い付けに回った。

龍造は二つの組合に加入した。「買参(ばいさん)」と「荷受(にうけ)」である。

「買参」とは、割られた牛をセリで落とす者が所属する組合で、「荷受」というのは生体を産地で買い付けてとばで枝肉にしてもらい、仲卸もやるための組合だ。

常識的には、産地から直接買い付けて仲卸もする「荷受」の方が儲かると考えがちだが、生きた牛を買い付けるにはそれなりの知識と経験がいる。牛というのは、とば で割ってみるまで肉質がわからないからだ。そのためリスクも大きく、在庫を抱えたまま倒産、というデメリットがある。

龍造は当初、リスクは高いが儲けも大きい「荷受」をしようと思った。ところが捌きを修業しているうちに、リスクが大きいわりにすぐ金になりにくいことがわかり、とりあえず「買参」に専念することに決めた。

さらには職人の引き抜きもやった。同い年の幼馴染で気心の知れたミノルを自分の店に移らせて、捌きを二人でこなした。

大きい牛を秘密裏に落とすのはさすがに無理だったが、豚はまだやっていた。例によって橋の下で、次々に解体した。それを店の冷蔵庫に吊るし、ブロック肉にして小売り販売するのだ。

しかし独立してみると、やはり豚は効率が悪かった。

牛一頭分の利益を得るには、四、五匹の豚をこなさなくてはならなかったし、個体が小さい分、豚を捌くには繊細な技術と時間がかかる。

さらに「上原が密殺している」と密告する同業者も出てきた。ちょっとでも隙を見せれば、路地の者同士であっても容赦なく足を引っ張る。嫌気がさした龍造は、独立して三年後の昭和五五年には、完全に豚の取り扱いをやめて牛一本でやっていくことに決めた。

牛肉の良し悪しは、基本的には見た目で判断するしかないが、最後は食べてみないことにはわからない。そのため枝肉を自ら捌き、これはと思った牛は、安価なホルスタインから高級な黒毛和牛まで、いろいろな肉を少しずつ残しておいて、実際に家で恵子に焼かせて食べ、自分の舌で味を覚えた。

それだけでなく、得意先のレストランや焼肉屋に自ら出向いては小まめに味を確かめた。そうすることで得意先とも懇意になるし、捌いた牛がどのように調理され、どんな味になったのかも把握できる。「上原はなかなか熱心や」といっそう贔屓にしてくれるので、地道でも確実に商売につながっていった。

松井から奪った得意先からの注文が安定すると、配達員を雇って冷蔵庫を積んだ軽トラックで販売して回った。従業員はミノルを入れて二人、事務仕事は妻の恵子に取り仕切らせた。

老廃牛をヤミで関東方面に売りさばいたときは、現地でバレて神奈川県警が大阪まで事情聴取に来たこともあったが、しらばっくれてやり過ごした。しかしこうしたセコイ商売は先がないし、信用を失いかねない。豚をやめるのと同時に、ヤミからも足を洗うことにした。これからの商売は目先の利益ではなく、多少辛抱しても信用が第一だと思ったからだ。

もっとも、それだけで店を大きくするには限界がある。利にさとい龍造は、解放同盟が押さえている行政の窓口にこそ、さらなる飛躍のきっかけがあると見抜いていた。つまり同和利権をとることこそ、さらに店を大きくする必須の条件だと感じていたのだ。

武田剛三がいるというだけで解放同盟と距離を置くことになった龍造だが、実はかつて同盟員だったこともあった。

実家を肉店に改築する前に、龍造一家は路地の中にある改良住宅と呼ばれる団地へすでに移っていたが、団地に入るには、同盟員でなければ入れなかったからだ。

「せやったら、入ったらええやないか」と、龍造は深く考えることもなく同盟員になっていた。団地の担当者は武田剛三ではなかったのだ。

昔からの路地の住民の中には改良住宅に反対して、あくまで長屋に住み続けたいと、開発を断ったところもあった。それゆえ昔ながらの路地が残ったところもあったが、大方は潰されて団地になった。団地はすべて四階建て、一三号棟まで建てられた。

しかし、同盟員になると、路地での集会や行政との交渉に動員され、それにいちいち出向かなければならなかった。それでも子だくさんの龍造にとって、ただ同然で住める団地はやはり魅力的だったので、それらの役を妻の恵子に任せた。

ところが融資の件で市役所に行くと、因縁のある武田剛三を通せときた。憤(いきどお)った龍造は、「もう越せたんやからええわい」と同盟から抜けてしまったのだ。

解放同盟の初代支部長は、もちろん山口豊太郎である。

「山口」は昔から路地に住んでいた四つの家のうちの一つで、その中でも豊太郎は食肉事業に早くから進出し、やり手で知られていた。

太平洋戦争が終わると、堺の金岡(かなおか)に進駐軍が駐屯するようになった。豊太郎は進駐軍の残飯をただ同然でもらい受け、それを大阪市内で売りさばいて財を成した。残飯といっても当時の日本人には豪勢なもので、缶詰など新品のものも含まれていた。そうした才覚から、支部長に就くことになったのだ。

のちに代議士となる解放同盟大阪府連の幹部で「大阪府同和地区企業連合会」の常任理事であった上田卓三(たくみ)などによって、解放同盟の指導により提出された税務申告は、すでにフリーパスで認められるようになっていた。これは龍造にとってかなり有利に働いたが、大阪の食肉関係の仕事はほぼ路地の者で独占されていたから、他の業者も条件は同じである。

競争に勝ち、さらに上を目指そうと思ったら、商売の才覚以上に同和利権に食い込む必要がある。ところが、行政との交渉は、解放同盟を通さなければならなくなっていた。これが俗にいう「窓口一本化」だ。大阪では同促協が行政と解放同盟の間に入っていたが、これは建前で、同促協は実質的に解放同盟の影響下にあった。

そのため、同和対策事業関連は解放同盟が独占していたが、共産党系の「全国部落解放運動連合会」（全解連）と、自民党系で融和主義を掲げる老舗の組織「全日本同和会」（同和会）がこれに異を唱えていた。

特に、一大キャンペーンを張って反対運動を起こしていたのが共産党系の組織だった。

しかし、時代の波にのった解放同盟の力は絶大だった。共産党の弱い更池では、しょせん共産党はただの「いちゃもん屋」に過ぎなかった。

こうした恩恵を受けて大企業にのし上がったのが、羽曳野の向野から出た川田萬である。

一度の接点しかもたなかったとはいえ、龍造のことを認めてくれた川田商店の次男の川田萬は、食肉大手の「ニシハム」に強引に食い込んで合弁事業をおこし、社名を

「カワナン」に変更して成長を続けていた。

川田萬は肉屋であると同時に、向野の解放同盟の青年部にも所属していた活動家でもあった。昭和四五年（一九七〇）から四年間、解放同盟向野支部の副支部長を務め、主に共産党を相手に数々の暴力事件を起こした武闘派という一面ももっていた。

カワナンの肥大化は、時代の波にのった解放同盟とのつながりがあってこそだったが、川田萬が〝解同の武闘派〟として鳴らした経歴は、そのまま解放同盟の中で影響力をもつことにつながっていた。

おそらく川田は、いつからか「解放運動より金で人間は動く」と見抜いたのだろう。やがて解放運動の第一線から身を引くと、自らの事業の拡張に専念することにしたのである。

一方、龍造の住む更池では実に三〇軒以上もの食肉業者が乱立していたにもかかわらず、相変わらず時代の波などどこ吹く風で、時代の先を読もうなどという住民は一人もいなかった。更池では昭和四〇年代、とば労働者もいれると、実に住民の八割が食肉関係の仕事に就いていた。

しかし向野のレベルは、更池の比ではなかった。川田萬率いるカワナンだけではない。下田建設は同和地区に優先的に割り当てられる公共事業を独占して、和歌山でクジラを飼っていると評判の成金になっていた。共産党は同和利権を徹底して叩いたが、誰も相手にしなかった。

　隣の路地とはいえ、更池と向野とでは何もかもが違う。向野にはカワナンをはじめとして全国レベルか、それに匹敵する企業が二、三興っていたが、更池にそのような強大な力をもつ会社は一つもなく、すべて小さな個人経営の店ばかりであった。

　これには、それぞれの土地柄とその歴史が関係していた。

　向野は、戦前から活発な水平社運動を行ってきた。全国水平社青年同盟は、水平社の青年組織だが、これは大正時代末に向野で結成されたのである。

　一方の更池では、水平社運動はまったくといってよいほど起こらなかった。大阪にあって「物言わぬ路地」と呼ばれるほどで「差別がアカンとか、騒がんとけ」という考えが住民に広がっていた。

　そんな更池では、昭和三八年に解放同盟の松原支部が結成されたが、これは同和対策審議会答申が政府内で出される気運をつかんでのことだったと言われている。支部結成から二年後、答申は昭和四〇年に出されている。

　答申が出ると、さらに大阪各地でいくつか支部が結成されるのだが、中でも昭和四四年に同和対策事業特別措置法が成立した時にできた路地は、俗に「六九年組」と呼ばれた。

この「六九年組」と呼ばれる路地は、同和利権と解放同盟の勢力拡大のために急ごしらえで事業の窓口となる支部をつくったことからそう呼ばれるようになったのだが、解放運動家たちからは〝後進の路地〟と見られていた。

更池は「六九年組」ではなかったが、戦前の水平社時代から解放運動が盛んだった隣の路地、向野に比べると、運動後進地区であったことは否めない。これは地域住民の方向性の違いから起こったことだが、もう一つの要因として、昔から更池では食肉関連事業が盛んだったので、解放運動の必要性を今ひとつ感じていなかったからだとも言われている。

後年、部落解放同盟中央本部執行委員長に就く上田卓三は、更池に移り住んでいた。更池と、土地の名士であった山口豊太郎とつながりを持つきっかけについて、昭和五三年、上田はこう記している。

――一九五九（昭和三四）年、松本治一郎先生の参議院選挙のとき、府連の常任であった私は、西日本オルグとして宣伝カーの運転をして各部落をまわっていました。当時の更池は「寝た子をおこすな」の考え方が支配的で、ただ、全水（全国水平社）当時からの活動家で松本治一郎先生を直接知っている山口豊太郎という人がいて、松本選挙はやってくれるだろうときいていました。宣伝カーを運転して更池に入ったのはちょうどはげしい雨の日でした。寺の前に車をとめて演説していると、だれ一人出てくる人もない村の中から一人の大きな男の人がやってきて、私たちに傘をさしかけ、演説が終ると一緒に村の中をまわってくれました。この人が豊太郎さんでした。「寝た子をおこすな」の圧倒的な村の中を、ただ一人敢然と宣伝カーに同乗しまわってくれたこの人を、ほんとうにありがたく思うと同時に、この人こそほんとうにたよれる人だと思いました。（その後）私も府連のオルグとして村に出入りするようになり、豊太郎さんの家の二階は、支部の事務所兼集会所といった状態になりました。毎日のように多くの仲間が自然に集まり夜おそくまで話し合ったものでした。住宅闘争とともに、とりあえずすぐできるものということで車友会と生業資金の闘いをくみました。

当時の運動は、常任もなく解放センターもなく、皆働きながら夫々（それぞれ）が自分のまわりへのオルグとしての任務をはたしながらの運動でした。当時、まだまだ支部に対する風当りのきつい村の中で結集された多くの人の顔をみるとき、この人たちの苦労の上に今日の支部、ひいては府連があるのだという思いを強くします――（「ともに「よき日」を」『しぶとういかんと―被差別部落更池に生きる』部落解放同盟大阪府連合

会松原支部編　一部省略　カッコ内は引用者注）

この中の「生業資金」というのが、同和関連の融資などに当たる。

上田卓三はもともと、大阪市の市街地北部にある路地・日之出(ひので)地区の出身だった。この路地も大阪市内にあっては異質な路地で、解放同盟トップにのし上がる上田という代議士を生む一方、解放同盟の理論的支柱となる解放運動家・大賀正行も生み出している。この辺りは、同じ大阪の路地といっても様々なのだ。

上田は、その穏やかな筆致とは裏腹に、当初は数々の糾弾にも関わり、解放同盟大阪府連の武闘派として鳴らしていた。

昭和四五年の同和行政窓口一本化闘争では、解放同盟のメンバー約七〇名と日本共産党に殴り込みをかけて刑事告訴された。また共産党系が強かった山口県光市では、同じく武闘派で解放同盟中央本部の幹部だった上杉佐一郎とともに、共産党系の運動体である正常化連の山口県連書記長であった村崎勝利らを襲撃している。このとき上田らに襲撃された村崎勝利は、自身も逮捕歴をもつ解放運動の闘士であった。現在、猿まわし師で有名な村崎太郎の叔父でもある。

上田は昭和五一年、満を持して衆議院議員選挙に立候補し初当選。昭和六三年に発覚したリクルート事件では、リクルート社から未公開株を受け取っていたことが判明していったんは辞職するも復活当選を果たし、六期連続で衆議院議員を務めることになる。

さらに上田は中小企業を支援するための組織「大阪府中小企業連合会」（中企連）を設立して全国展開させ、平成六年には本部を東京・霞が関に置き、その影響力を拡大するに至る。

平成八年には、解放同盟の全国組織のトップに上り詰める上田だが、派閥争いから二年で退任。その後は平成一七年に亡くなるまで、解放同盟だけでなく行政に対しても、裏で強い影響力を保持し続けた。ちなみに上田は、代議士時代に社会党内における旧ソ連のスパイの協力者で、コードネームが「ウラノフ」であったことも暴露されている。

つまり、上田卓三は徹底した現実路線の利権派でありながら、その政治的志向との間に絶妙なバランス感覚を持った一種の怪物である。

そんな上田が、解放運動先進地区であった向野ではなく、運動としては後進だった更池に移り住んだのは、一見すると意外に感じる。

当初は解放運動のテコ入れが目的だったのだが、無論それだけが理由ではない。更池が大阪の路地の中でも珍しく、食肉という有力な地場産業をもつ路地だったからだと見る関係者も多かった。

更池は、向野とともに全国でも五指に入る屠畜数を誇るとばを持っており、また大阪府内では、比較的大きな路地だということもあった。

一般に大阪の路地というと、「食肉」というイメージを持たれることが多い。しかし実際に食肉を地場産業としていたのは、大阪では向野と更池くらいなもので、両地区ともその規模は突出していた。昭和五〇年代まで、この二つの路地にあるとばを合わせれば、「全国一」に匹敵するほどの規模だったのである。二万人が住むと言われ、「日本一大きな路地」と呼ばれた大阪市中心部にある旧渡辺村でさえ、主要産業は皮なめしなどの皮革産業である。

上田が解放運動の中でのし上がるきっかけとなったのは、「大阪府中小企業連合会」という団体の創設だった。そのためにはまず、小規模の店が群雄割拠する更池に地盤を確立することが重要だったのである。大阪の路地を中心とした中小企業を発展させていくためにも、食肉という強い地場産業をもつ更池は、上田にとって魅力的な路地だった。向野と違って運動後進地域であるがゆえに、他所から入りやすかった事情もある。

「人間は、己の実益が絡んでこそ本気になる」——。

この龍造の信念は、すなわち更池の発展の歴史そのものであった。しかし、その信念はあくまで個人的なものに終始した。近い将来の大きな実利よりも、「目の前の銭」が最優先なのだ。

上田もまた、更池のそんな土地柄に惹かれたのかもしれない。

同対法ができて以降、国をバックにつけた解放運動は、部落解放という理想と、金という現実が矛盾したまま回り、走り出すことになる。

戦前から更池では他の路地よりも肉商売が盛んで、学歴がなくても食うに困らなかったため解放運動が遅れたが、逆に、向野は商売で遅れをとっていたがゆえに、水平社運動に積極的に取り組んだといえる。

しかし、現実はそう単純ではなかった。向野がある羽曳野市では、「同和行政の是正」を前面に打ち出した共産党の津田一朗が、昭和四八年から市長の座に就き、津田市政は四期一六年続くことになる。

全国水平社以来の解放運動の歴史をもち、解放同盟の力が増大していたにもかかわらず、全国でも珍しい共産党の市長が誕生したのが、皮肉にも向野を擁する羽曳野市だった。

これはまさに解放運動と同和利権に対する、市民の反作用であった。向野では運動方針を巡って、解放同盟と共産党系とに分裂していた。共産党は「公正・民主的な同和行政」を公約に掲げていた。

同じ路地の中での分裂と対立は、一見すると大局的には不毛にしか見えない。

しかし、両者の間には、同和対策事業という共通課題があった。津田市政は、この同和対策事業を争点とした結果、生まれたのだといっても過言ではない。

向野に、強大な力をもつ企業が興ることになるのは、同和対策審議会答申（同対審答申）以降、解放運動が金になるようになっていったからだ。

水平社運動以来、「人権が金になる」と思った者は、少数ながら存在したことを思えば、向野には〝先見の明〟があった。商売で出遅れていたからこそ、「人権の季節」という時代の波にうまく乗ることができたのだ。

それゆえ大阪の路地では、向野にだけカワナンなどの全国レベルの企業が出ることになる。これも食肉という強い地場産業にプラスして、水平社運動以来の解放運動があったからであった。

更池の住民が「運動が金になる」と気づいたときには、すでに遅かった。商売には「先を読んだ者が成功する」というセオリーがある。目先の銭だけを追っていた更池の住人に、そのような先駆的な考えの者は一人としていなかった。

その意味では龍造もまた、典型的な更池の者であった。そんな龍造に残された道は、頭を下げて解放同盟に降るか、それ以外のどこかにつくしかない。

昭和五〇年代のはじめ、解放同盟と対立していた一方の勢力といえば、やはり共産党である。

政治に疎かった龍造は、昭和四〇年代半ば以前は解放同盟と共産党が協力関係にあったこと、その後、運動方針を巡って分裂したことまでは知らなかった。

しかし、この二つの組織が激しく対立していることくらいはなんとなく知っていた。共産党の運動体である全解連が、反解同の一大キャンペーンを張っていたからだ。

そんな状況下で羽曳野・向野の共産党系を率いていたのが、建設業を営む味野友映だった。味野は水平社時代からの解放運動の闘士だったが、解放同盟が分裂したとき、共産党に身を投じていた。

ただし味野の弟は解放同盟に残り、兄とは袂を分かって活動していた。これは向野という路地が、いかに複雑だったのかという事実を示している。

羽曳野が共産党市長を擁していたことから、南河内にある路地の共産党のまとめ役に抜擢されていた味野は、上原龍造が解放同盟に属していない一匹狼だと知って、さっそくオルグをしに店までやって来た。

「あんた、解同に入ってないいんやて？　同和の融資も受けられへんかったんやってな。いっぺん、ウチで話しよや」

そして自らが経営する会社の事務所に招いて、親しげにこう切り出した。

「上原さん、いや、これからはあんたのこと、龍ちゃんて呼ぶで。あんたもワシのこと、友さんて呼んでくれてかまへんよって。ところで、あんたも解同には頭きてんのやろ。あいつら窓口一本化とかぬかしさらして、実際は自分らで独占しとるだけなんや」

「オレはただ、解放同盟におる奴に、頭下げたないだけですねん」

あくまで解放同盟イコール武田剛三にこだわる龍造だが、生粋の共産主義者である味野にとって、そんな私怨などどうでもよい。

「うん、ようわかっとる。ほんだらいっちょうどうや。ワシのところで一緒にやらんか。同和の融資も、ワシとこで融通つけたる。龍ちゃんも知っとる思うけど、ワシら今、その運動、一生懸命しとるとこやねん」

行政との交渉窓口を求めていた龍造にとって、それは望むところだった。

「わかりました。よろしゅう頼んます」

話は早かった。龍造は、味野に軽く頭を下げた。路地のはぐれ者だった龍造が、利権獲得のため荒れ野に下り立った瞬間であった。

同和利権さえ手に入るのであれば、解放同盟でなければどこでもいい。

「せやけど、友さん。解放同盟が交渉の窓口とってまんねんで。それをどないしようというんでっか。運動だけでそんなん、簡単には取らしませんやろ」

味野とは隣同士の路地ということで昔から面識のあった龍造だったから、とりあえずは専門家の味野に何もかも任せることにした。

「龍ちゃん。更池にな、他にも解同に入ってない奴おるやろ」

「でもそれは、オレのほかには創価学会の連中くらいなもんでっせ」

更池には、水俣（みなまた）病患者の家族など、地方の社会的弱者が多く移り住んでいた。彼らは新天地大阪にならら仕事があるだろうとやってきたが、仕事を転々として、路地へと流れてきたのだった。

しかし路地に馴染めず、そのため創価学会に入っている者もいた。彼らは支持政党の違いから、解放同盟には加わっていなかったのだ。

「うん、学会員でも何でもええねん。そいつらまとめて、組合つくるんや」

「組合でっか」

「そや、組合や。何するにしても一人ではできん。せやから人数集めて組合つくって、交渉せなアカンねや」

「なるほど、そういうもんでっか」

二つ返事で請け合った龍造は、更池に戻るとさっそく学会員の他に、偏屈な性格のため解放同盟に入っていなかった馴染みの食肉卸業者に声をかけ、さらに肉屋と関係のない知り合いの建設業者と、同じく建設業者の幼馴染にも「配当やるさかい。とにかく来いや」と言って、強引に参加させてしまった。

龍造が実家で「上原商店」の看板を掲げ、向野の共産党のドンであった味野との付き合いが始まってしばらくたった頃、一人の男が店を訪ねてきた。

「龍ちゃん、おるか」

恵子が「あんた、お客さんやで」と呼ぶと、冷蔵庫に入って在庫の整理をしていた龍造は「ちょっと待ってやッ」と答えた。

その男、山口武史は、恵子に声を掛けた。

「あんたか、龍ちゃんとこの嫁さんいうのは」

「はい、恵子いいます」

「べっぴんさんやな。オレのこと、知っとるか」

恵子は顔を赤くして言った。

「いえ、知りませんねん。すみません」

「そうか、ここの冷蔵庫、ワシが付けてんで。ええねん、ええねん。知らんかってええねん。あんた、ムラのもんやないんやろ。どこから来たんや」

「堺の丹南（たんなん）いうとこです」

「ほうか、近いな。せやけど肉商売はえらいやろ」

「そうですねえ。ほんま、こんな辛（つら）いとは思いませんでした」

「そら、そやや。ムラの中では昔から当たり前の仕事やけど、あんたみたいな〝入り人〟は知らんで当たり前や。これからも龍ちゃんが何かしでかしたら、オレのところにおいでや。ガツンと言うたるさかい」

路地の者に、自分の家庭内のことを相談するわけにはいかないと思いながらも、恵子は殊勝にも「はい、ありがとうございます」と頭を下げた。路地の噂話は野火のように広がることを恵子は知っていた。身ごもって路地に移り住んでから、自分が「入り人」であることを痛感させられていた。

路地の者は何かにつけて、二言目には「あんたは入り人やさかい」と言う。風呂屋に行き、着物をぜんぶ隠されたこともある。親の反対を押し切ってまで一般地区から差別されている路地へ嫁いできたのに、なぜここまで意地悪をされなければならないのか、恵子にはよくわからなかった。

龍造の実家を出て、新しくできた団地に入るときの条件は、解放同盟が動員をかけるデモや集会への参加だった。これもどうしてなのか、よくわからない。ただ、よくわからないまま集会に出ていると、同じ年頃の子をもつ親たちと知り合うことができた。

最初の一、二年をやり過ごすと、やがて路地は恵子を受け入れたように思われた。団地に移ると、今度は逆に、濃密な長屋的付き合いが始まったからだ。

この排他性と親密さとの落差は、路地が路地であることからきているのだが、他所からきた恵子には、どうしても違和感がぬぐえなかったのである。

やがて龍造が出てくると、山口武史はズボンのポケットに手を突っ込んだまま「おう、調子はどないだ」と、ぶっきらぼうに言った。

「ニイさん、どないしはりました」

武史は、龍造よりも三〇近く年上だったから、どちらかといえば父親にちかい存在だった。龍造がもつ武史の記憶といえば、極道相手に大立ち回りを演じていたことぐらいだ。幼かった龍造は、そのとき「えらい人がおんねんなあ」と思ったことをうっすらと覚えている。

その後、接点はなかったが、龍造が店を興すときに、武史が一人で営む「山口電器」に業務用冷蔵庫を注文したのだ。武史はどこから仕入れてくるのか、高価な業務用冷蔵庫を三割引きで納めてくれ、配線まですべてチェックしてくれたのだった。

「いま忙しいか」

「おかげさんで、人手が足らんくらいです。冷蔵庫の調子もええですわ」

「今、ちょっと話でけるか」

「はあ、ええですよ」

龍造は血と脂(あぶら)で汚れた前掛けをはずして、店の外で武史と向かい合った。

「龍ちゃん、今日は仕事の話やないねん。あんた、解放同盟に入らんと、向野の味野のとこに出入りしてるらしいな」

龍造は、なぜそこまで知ってるのかと驚いた。路地は狭い。

「余計なお世話やいうのはわかっとんねんけど、ワシ今、解放同盟でやっとんねん。なんで解放同盟に入らへんのんな。店の開店資金も大変やったやろ」

単刀直入な言い方は、武史ならではだった。武史はもって回った言い方を嫌ったが、それゆえ敵も多かった。どこまでも一匹狼で、龍造とはその一点で共通していた。

「それはオレが貯めた分と、うちの田んぼを売って、あとは銀行から借りましてん」

「銀行から借りたら、利子あるやろ。なんで解放同盟、通さんかったんや」

「………」

「ワシちょっと聞いたんやけど、昔、武田の剛三と揉めたことあるからか」

「はあ、もうだいぶん前のことですけど」

「理由はそれだけか」

「……まあ、そうです」

「ほんだら、解放同盟がイヤってわけやないんやな」

「べつにオレ、そんなんはないですわ」

「ほんだら、やっぱり剛三にこだわっとんのか」

「ニイさんやから言いまっけど……解放同盟なら剛三を通さなアカンて、市役所で言われたんです」

「ほうか。それで止めたんか」

「まあ、そうです」

武史は、地面に目を落としながら続けた。

「あんな、龍ちゃん。あんたの気持ちもわかるんやけど、こんな狭いムラの中で、意地の張り合いしてもしゃあない思わんか。いまムラの中もだいぶん変わった。団地も建ったし、立派な病院まででけた。これは解放運動があったからこそや」

「それはわかってます」

「剛三を通す、通さんの話やないねん。もっと大きい目で見られへんか、いう話やねん」

「…………」

「いまムラが一致団結しよういうてるときに、龍ちゃんだけが我張ってどないすんねん。そやろ」

「わかってます」

「剛三も、もう極道からは足洗ろうた。オレもそうや。真面目にやろういう奴は、みんな足洗ろてカタギやっとる。ワシも、龍ちゃんがよう道外さんとやっとんなあって、感心して見てた。ワシ、龍ちゃんのこと買ってんねんで。何もワシんとこに仕事頼んでくれたから言うんやない。一代でこんな立派な肉店建てて、ホンマにえらいなて思うとるんや」

「ほんだらニイさん、オレのことは放っといてください」

「向野の味野の力借りとると知っても、か」

「ニイさんやったらわかってもらえる思うんですけど、ここはオレの我慢のしどころや思うてますんや。オレには解放同盟も共産党も関係ありまへん。今はただ、自分の店を大きくしたい思うとるだけなんですわ」

何よりもスジを通すことを信条としてきた武史は、これを聞いて少し頰を緩めた。

「フッ、損してまでもスジだけは通したい、いうわけやな」

「そうです。同盟がどうの共産党がどうの、いう話やないんです。ただ剛三に頭下げるのだけは、我慢ならんのです。それに金さえ儲けたら、人に後ろ指なんか指させまへん。自分はこの道でいこう思うとるんです」

「そうか……。あんたの言うてることはようわかった。ガキの頃からのスジを通す、いうのも確かに、それも一つの道や」

「すんまへん」

「いや、今日はあんたの思てること聞けてよかった。オレも納得したわ。オレはただ、商売を頑張ってるあんたが、そんな昔のイザコザにこだわるわけないと思うたんや。それで聞いてみたら、べつに共産党を支持しとるとか、そういうわけやない。ただ自分のスジを通したいだけやいうの聞いて、安心したわ」

「心配してもろてるのに、すんませんが」

「せやけど龍ちゃん、ワシも極道やって、足洗ろうて電気の仕事しとる。ほんで今は、同盟の教育担当いうのしとる。ムラの子供ら、ようしたい思てるんや。龍ちゃんも知っとるやろ。ムラの子みんなゴンタクレばっかりや。それも親が貧乏しとるからや。親が貧乏しとるのも、差別されてきたからやろ。ムラの子供らがグレんのも、差別が根本的な原因なんや」

　龍造は「はあ……」と気の抜けた返事をした。武史がいったい何を言いたいのか、わからなかったのである。

「せやけどあんたは、スジだけは通して、商売して力つけたいいうんやろ。ほんだら差別されることもない、と」

「まあ、そうですな」

「ほんだら、考えてることは一緒やな。互いの道を行くしかないわな」

「ニイさんは、解放同盟でやっていくんですか」

「おう。だいたいワシには、あんたみたいに金儲けの才覚もないしな」

「そうでっか。ほんだらニイさんは、解放運動やるんですか」

「せや。ワシはこの更池をようしたいねん。支部長やっとる山口の豊さんにも世話なったしな」

「せやけどニイさん、ムラのもんが自分の貧乏を『差別のせい』や言うのは、己が努力してないせいやて、オレ思うてますねん」

「あんたの言うこともわかる。ワシも最初はそう思とったからな。まあ方向性の違い、ちゅうやつやな」

「すんません、ニイさん。せっかく来てもろたのに」

「かまへん、かまへん。あんたはあんたの道いったらええねん。解放運動も商売も大事やけど、人間、スジを通すいうのが人生で一番大事なことや。お互い、自分の道を行けばええねん」

「ほんだらニイさん、すんません。店に戻ります」

「おう。体だけ大事にせえよ。それから酒もほどほどにな」

武史がそう言って背を向けると、龍造は苦笑いした。「酒癖の悪さでは、あんたに負けますわ」と内心、思ったのである。

山口武史と最後に言葉を交わしたこの頃、龍造はちょっとした偶然から、一人の男の知遇を得ることになる。

それは、龍造が独立してしばらくしてからのことだった。取引していた小売店が、上原商店に二〇〇万の未払いを残したまま倒産してしまったのだ。

まだ妻の恵子とミノルの三人でやり繰りしていた頃だったから、これは痛かった。気づいたときにはすでに遅く、小売店をやっていた男は一家で夜逃げしていた。

夜逃げしたとわかってはいたが、とりあえず未払い金の回収に行くしかない。店を訪ねてみると、周りには黒いスーツ姿の男たち四人がたむろしていた。その中に一人、五〇代くらいで薄くなった髪をオールバックにした男が、折りたたみのイスに腰かけていた。

それが海原銀次であった。龍造はすぐに「乗っ取り屋やな」と気づき、軽トラックから降りると、さっと前掛けを着けて近づいていった。

銀次は龍造を見ると、「あんた、何や？」と訊ねてきた。横柄（おうへい）な態度にムッとした龍造は言った。

「あんたやない。ここに用があってきたんや」

「あんたも、イカれてもうたんか。気の毒にのう。せやけど、ここはもうワシらのもんやで」

「あんたのもんや言うねんやったら、ここの借金肩代わりしてもらえまんのんか？」

銀次はそれを聞くと、噴き出して下を向いた。代わりに若い衆が寄ってきて、龍造の耳元で怒鳴った。

「おんどれ、誰にもの言うてんじゃッ」

「おどれに言うとらんわ。オレはこの人と話してんじゃ」

「何やと、コラッ。肉屋はとっとと店戻って、おとなしゅう肉切っとけや」

「ほんだら、……先にお前からいてもうたろかい」

龍造は言うが早いか、前掛けの下に隠し持っていた平切り包丁をその若い衆の目の前に光らせた。

「ウッ」と若い衆が後ずさりすると、後ろにいた二人がさっと拳銃を出した。

「コラッ、やめんかい」

銀次が一喝すると、若い衆はゆっくりと拳銃を仕舞ったが、用心して手はまだ抜かない。

「あんた、どこのもんや」

緊張と憤怒で真っ赤になった龍造は、それでも押し殺した声で「どこのもんでもないわ。松原の上原じゃ」とだけ答えた。

龍造もまた、平切り包丁を若い衆に向けたままだ。接近戦では拳銃で撃たれるより先に刺す自信があった。あとは刺した奴を盾にすればいい。

「聞いたことないの。松原のどこや」

「更池じゃ」

「なんや、更池のもんか。ほんだらマンボの須蔵、中川五郎は知っとるか」

「知っとったら何やねん。中川五郎はうちの身内じゃ。もうだいぶん前に飛田で死んだわい」

「ほうか、五郎の身内か。おい、やめとけ。こいつは本気や。死ぬ気でかかってくるど。物騒なもん仕舞っとけ」

銀次の言葉に、若い衆もようやく拳銃から手を離した。

「中川五郎はの、ワシが若いとき、面倒みたことあったんやで。その身内のもんとは知らなんだ」

銀次がそう言うと、龍造も包丁を前掛けで包み、ズボンにグッと押し込んだ。

「せやけど、なんぼ中川五郎の身内でも、アカンもんはアカンわ。この店を売るまでは金もできん。銀行からサラ金まで、抵当がギッチリついとるんや。あんたも気の毒やけど、こればっかりはどうしよもないわ」

銀次は、息子ほど年の違う龍造に、丁寧に話しかけた。

「わかりました。せやけど、うちも死活問題でっさかい。今日のところはとりあえず帰ります」

そして翌日も、またその翌日も、龍造は配達先から夜逃げした店へ通った。銀次と三人の若い衆も、連日、店先でたむろしていた。あと数日はいるらしい。

「あんたも懲りんなあ」

銀次が笑いながら声をかけると、龍造も苦笑いして「そらそうですわ。死活問題でっさかい」と快活に言うと、店先のコンクリート・ブロックに腰を下ろした。この三日ほどで銀次や若い衆とは心やすい仲になっていた。

一瞬とはいえ、まかり間違えば殺し合いになるところだったが、とにかく金だけはわずかであっても回収しなければならない。龍造にとって、二〇〇万は大金だった。こうなったら持久戦だと決め込んだのだ。

数日たつと若い衆も、親より年が離れている銀次よりも気やすいとみたのか、龍造と冗談を言い合うようになっていた。

「あんた、極道を包丁もって追いかけたことあんねんてなあ」

「なんでそんなこと知ってんねん」

「いや、更池に知り合いがおるんや。それで上原いうの、聞いたことあるかてこのまえ訊いたら、『龍造のことかッ』て、すぐ当ててきよった。『とんでもないコッテ牛や』て言うとったで。あんたのことやろ」

「そんなん、もうずっと前の話や」

若い衆は、銀次の方を横目で見ながら、龍造に言った。

「解放同盟にも入っとらんねんてなあ。それでうちのオヤジも、堅気にエライのがおるなて、感心しとったで」

「ほうか……」

龍造は、昔の武勇伝を吹聴(ふいちょう)されるのが気にいらず、苦い顔をした。路地ではそうした武勇伝を自慢することは、恥ずかしいこととされていたからだ。

特に祖母のトヨノに戒められていたこともあって、龍造はその話を恥じていたため、若い衆たちには素っ気なく見えた。それがまた控えめで威厳があるように映るらしく、若い衆も龍造に一目おくようになっていた。

龍造は、彼らが「オヤジ」と呼ぶ銀次について「どこの組の人や」と訊ねた。

「ワシら、ミナミの生島組や。オヤジはうちの組の顧問しとるんや」

「ほうか。生島組か」

昭和五〇年代の大阪は、まだ小さな組が乱立していた。ミナミなど大阪を代表する繁華街はシノギもきつく、小競り合いも頻繁にあった。

銀次のような「占有屋」は、正確には極道であって極道ではない。極道をバックに、倒産した店などを占拠して、債権者が取り立てを諦めるまで居座るのである。いわば企業舎弟みたいなもので、そのため「顧問」という肩書なのだった。若い衆たちは、銀次の要請で生島組から派遣されてきた占拠要員だった。

店の前で若い衆と座り込んで話していると、見たことのない三〇代くらいの男が、銀次に挨拶にきた。若い衆はさっと立ち上がり、「お疲れさまでしたッ」と挨拶する。

「おう、ご苦労さん。まあ、ひと月くらい遊んどけや」と言って、銀次は懐から長財布を取り出して札束を男に手渡した。

後で聞くと、今日、出所したばかりの男だという。龍造はさっと手渡された札束を見て、「なんや、このおっさん。金もっとるやんけ」と苦々しく思ったが、顔には出さなかった。

「せやけど、銀次さんも、もうええ年やろ。そやのにずっと、こんな居座るのを続けてんのか」

そう龍造が若い衆に話しかけると、彼らは苦笑いしながら言った。

「うちのオヤジは、ええのん打っててんねん。せやから持久戦のときは飯も食わん。こっちにはそんなええシャブ回ってけえへんから、ワシらの方がえらいでホンマ」

銀次は、仕事のときだけ純度の高いシャブを使っていた。

たとえ弁護士相手であっても、食事もとらずに何日でも居座り続けるので、しまいには弁護士の方が「仕事にならん」と音を上げてしまう。暴力はリスクを伴うので最後の手段であり、そのため銀次は持久戦をもっとも得意としていた。

若い衆によると、純度の高い覚醒剤(かくせいざい)は中毒症状が出にくいらしい。銀次は、うまく自分でコントロールして仕事に使っているのだという。

「おい、上原さん。ちょっと」

龍造が通いだして数日たったある日、銀次が声をかけてきた。龍造が立ち上がってそばに行くと、銀次が懐から札束を出して言った。

「これ、あんたがいかれた二〇〇万や。証文だけこっちにもらえるか」

きょとんとして龍造が債権の書類を出すと、銀次は笑いながら言った。

「いやー、あんたほど度胸があってしつこい人は、なかなかおれへん。あんたは見込みがある。この金は、ワシからの先行投資みたいなもんや。その代わり、あんたの店が大きなったら、ワシを顧問につけてくれよ。夜逃げしたところから、金引っ張ってきたるから」

第六章　新同和会南大阪支部長に就く

昭和五二年、二八歳で龍造が独立したとき、すでに解放同盟系の「大阪府同和食肉事業協同組合連合会」（府同食）と川田萬（まん）の「カワナン」は、越えがたい巨大な壁としてそびえていた。一方で龍造の「上原商店」もその後、五人の捌（さば）き職人と、パートの女性一人を雇うまでにはなっていた。

西日本各地から大阪へ働きにやってきた若者たちは、大阪の安い牛肉をたらふく食べた。牛肉の消費はうなぎ上りで天井知らず。経営が軌道にのるのは当たり前で、これからが勝負だと龍造は考えていた。

まず、共産党の活動家だった味野友映（あじのともえ）が狙（ねら）ったのは、制度変更によって昭和三九年から拡大した輸入牛肉の割当を巡る利益を、実質的に牛耳っていた解放同盟から奪い取ることだった。

この輸入牛肉は、同和利権の温床と言われていた。

輸入された牛肉は、まず畜産振興事業団という特殊法人を通って、解放同盟系の府同食に卸され、さらに府同食の各支部に割り当てられる。そこから各組合員（同盟員の食肉業者）に配られるのだが、府同食と支部を通る際に、それぞれ一キロあたり五円程度の手数料をとる。

組合員に配るといっても、配られた輸入肉は主に商社などに流してしまうので、そこからも利益が生まれる。つまり輸入牛肉は右から左に流すだけで、末端の業者も儲かる仕組みになっていた。

そのため、国の行政機関ともいえる畜産振興事業団がキロ一九〇〇円で仕入れた肉は、店頭に並ぶときにはキロ五〇〇〇円近くに跳ね上がっていた。元値の倍以上だ。

龍造が二四歳当時の昭和四八年、府同食と支部には四八〇〇トンが卸されていたから、手数料だけで四八〇〇万円が関係者に入っていたことになる。だから輸入牛肉をどれだけ取れるかが、勝負の分かれ目となっていた。

組合をつくろうと味野に言われて龍造が人を集めたのも、やるのだったら一日でも早い方が儲かると思ったからである。

「ほんだら組合の名前、決めよ。ワシ考えとったんやけど、『関西食肉協同組合』いうので、どや」

　味野が模造紙にマジックで大書した。龍造は「えらい大風呂敷(ぶろしき)広げんなあ」と苦笑いし、

「関西でっか。更池だけでやるんやし、大阪とか河内(かわち)くらいでええんとちゃいまっか」

「そこがミソなんや。今はあんたら五人だけやけど、まだこれからどうなるかわからん。名前は大きい方がええんや。のちのち、行政にも睨(にら)みきかせられるしな」

「なるほど、そういうものか」と龍造は感心した。他の四人もうなずいて聞いている。完全に味野のペースだった。

「略して『関食』。どや、呼びやすいやろ」

　さすが味野は、水平社時代からの叩(たた)き上げの活動家であった。

「みんな異論ないようやから、これから具体的な話に移るで。まず、あんたらに右翼の知り合いおらへんか」

　てっきり、味野が一人で行政に話をとおしてくれると思っていたところが、いきなり右翼の話である。龍造は訊(たず)ねた。

「そら右翼の知り合いうたら、なんぼでもおまっけど、なんで右翼がいりますねん」

「あんな、窓口一本化を完全に崩すにはまだ時間がかかる。せやからとりあえずワシらの目標は、牛肉の輸入枠を奪い取ることや。せやけど、もともと牛肉の輸入枠を決めてんのは国の役所や。まずはこれをいわさなアカン。それには右翼を動かすのが一番なんや」

当時の右翼の影響力は、それほど強大だった。それを聞くと五人は、がやがやと相談し始めた。

「更池やったら、杉下健介が右翼やっとったやろ」

「水道屋の健介か。あれは極道やで」

「極道やったか……。ほんだら山口武史さんは右翼やろ」

「あの人は元極道や。それに今は電気屋になって足洗ろうとる」

みなのトンチンカンな話を聞いていた味野が、口をはさんだ。

「あんな、国に交渉いくねんから、それなりに有名な右翼やないとアカンねん」

すると、偏屈で解放同盟に入っていなかった食肉卸の河野守が「それやったらオレ、知ってるわ」と声を上げた。

「福岡に皇国社いうのがあんねんけど、そこの奴、オレと仕事の付き合いあって、競馬仲間やねん」

味野がそれを聞いて、すぐに反応した。

「それやッ。そこは明治からある古い右翼や。その人、すぐに呼べるか」

「旅費出すからて頼んだら、来てもらえると思いまっけど……」

「よっしゃ。ほんだら組合つくる手続きして、すぐ日ぃ決めて、みんなで東京に行こッ」

味野はすぐに計画を立てはじめた。

「関食」という組合をつくる資金一切は、味野に借りることになった。これがのちのち、龍造たちの負担になるのだが、老練な味野の前では、みな赤子同然であった。味野のいいなりである。

組合を結成すると、そのまま東京の農林省に出向くことになった。上京した右翼は東京で落ち合い、総勢六人になった。味野は来なかった。

普通なら門前払いだが、そこは味野が手をまわして共産党の代議士に頼んであったので、すぐに役人と面会することができた。そこで組合と皇国社の名刺を差し出すと、すんなり輸入牛肉の割当が決まってしまった。

五人は「こんな簡単なんやったら、もっと早うやればよかったな」と、東京の焼肉屋で祝杯を挙げた。ただ、龍造だけは「うまくいき過ぎる。今後なにかある」と、疑念を抱いていた。

確かに、これですべて決まったわけではない。カワナンが黙っていないだろう。

大阪に戻った龍造を迎えた味野は、こう言った。

「よっしゃ、龍ちゃん。これからキタの事務所いこ」

「キタの事務所って、極道でっか」

「違うがな。ワシがそんなとこ連れていくかいな。これから新同和会の杉本さんを紹介するから」

味野に連れて行かれた先は、梅田に事務所を構える「新同和会」であった。梅田のビル街のど真ん中に位置する建物にあり、北新地までは歩いてすぐの距離だった。大阪の中でも超のつく一等地である。

味野は「極道ではない」と言うが、扉には「新同和会」と、金色の文字に菊の紋が入った表札が掛かっている。

龍造はそれを見て「共産党が右翼に行くって、極道とこ行くよりおかしいやないか」と思ったが口にはしなかった。沈黙は金である。

事務所の中に入ると、黒いスーツを着た若い衆が数人、廊下に並んでいて、「こちらへどうぞッ」と威勢よく奥へ案内した。事務所は三つほどの部屋に分かれている。のちにわかるのだが、広さは四〇平米ほどと広くはなかった。

龍造は「こら右翼系の極道やな。こういうときはビビったら負けや。堂々といかなアカン」と、わざとガニ股にして、胸を張り一番奥の部屋へ入っていった。

「杉本さん、これが前に話した上原龍造さんですわ。ようワシが『龍ちゃん』って話してた人ですわ」

味野がそう紹介する先に、黒いスーツを着た、小柄な五〇代くらいの男が立っていた。

「あんたが上原さんか。いろいろと評判は聞いてます。私は杉本昇いいます。まあ座ってや」

黒い革製のソファを、味野と龍造にすすめた。龍造は堂々と、しかしゆっくりとした動作で深く腰をかけた。若い衆の手でお茶が運ばれてきた。笑顔だが、目だけ笑っていない杉本が口をひらいた。

「うん、なかなかええ面構えしとる。あんた、解同と仲悪いねんてな」

「いや、みんな幼馴染でっさかい、べつに仲悪いことおませんねんけど、ちょっと気に入らんところがあって……」

「それで解同に入るの、やめてんな。まあ理由はそれぞれ、考えもそれぞれやけど、ここにおる三人とも、解同が気に入らんのだけは共通しとる」

ハハハと味野が笑った。龍造も苦笑した。

「うちはな、新同和会いうて、ちゃーんと国からも公認してもろてる正式な同和団体です。同和いうてもいろいろあるけど、いちおう大阪ではうちとこが一番大きい。名前、聞いたことありますか」

「ええ、同和会いうのは聞いたことあります」

「まあ、その一つですわ。それで今は、解同が同促協をかまして窓口を独占しとる。これをワシら潰そう思うて、味野さんとも共闘しとるんや」

「キョウトウって何ですか」

「共に闘うっていう意味ですわ。どうです、あんたも見たところ度胸もあるようやし、うちとこで一緒にやりませんか」

菊の紋といい金文字といい、どう見ても極道と右翼を兼ねているようだが、共産党の味野と〝共闘〟しているところを見ると本気らしい。

「ええ、よろしゅう頼んます」

龍造は頭を下げた。

「よっしゃ。かたい話はこれくらいにしよ。肩がこってかなわん。新地に出ましょか」

杉本が立つと、味野と龍造も立ち上がった。

すると味野は「ほんだらワシ、もう戻りまっさ」と杉本に声をかけると、「龍ちゃん、杉本さんは信用できる人やさかい、頑張るんやで」と龍造の肩を叩いた。

大阪は狭い。警戒心の強い味野は、人の出入りの激しい北新地で、三人で呑むことを慎重に避けたのだ。

北新地の料亭に案内されると、女将が出てきて「お客さんおられるんでしたら奥、用意させましょか」と杉本に声をかけた。

「うん、頼むわ」

奥座敷に腰を下ろすと、杉本はリラックスした表情で話し始めた。

「上原さんは、羽曳野の川田萬とは知り合いでんのんか」

雑談なしの直球だった。しかし龍造も持って回った言い方は苦手だ。

「まあ、顔を知ってる程度です。せやけど、もうだいぶん前の話ですわ」

「そうですか。私はよう知らんねんけど、えらい勢いやんか。解同とも一蓮托生いう話やし」

「まあ、そうでんな」

中学もろくに行っていない龍造は、「いちれんたくしょう」と言われてもよくわからなかったが、話の内容から「解同」と「カワナン」の関係を言ってるのやろと理解した。

「味野さんの話では『関食』いう組合つくって、輸入牛肉の枠とろうとしてはんのやろ」

「ええ、つい先日も東京いって、その交渉してきました」

「皇国社でっしゃろ。それで何本、渡しはったん？」

「さあ、一〇〇万ほどちゃいまっか」

「ほうでっか。あと問題なんは、カワナンやな。川田萬はニシハムをバックに農林につながりできて鼻息荒いみたいやけど、独占するちゅうのが気に入らん。あれは刺し違えてでも、いてもうたらなアカン」

このあたり、杉本と龍造とでは認識の差があった。

龍造は川田萬が「川田商店」という看板を掲げて、親子で肉を捌いている頃から知っている。だから杉本ほど敵視はしていなかった。

いくら商売敵であっても、それはあくまで金の話で、思想信条・主義主張が絡(から)むということはない。相手が困って自ら頭を下げてきたら、手を差し伸べることは厭(いと)わないし、その逆もあり得ると思っている。

杉本も路地の者だったが、鳥取の山奥にある村の非人系の出である。エタと非人では、同じ路地でもスジが違う。

杉本にとって、自分が非人の出というのは小さな誇りだった。

杉本家は代々、鳥取の山奥の寒村で「鉢屋」と呼ばれる番太をしていた。同じ村には死牛馬の処理を取り仕切るエタ系の人々もいたが、村や街道の治安維持にあたる杉本家では「あいつらとはスジが違う」といって見下していたのだ。

明治になってお役御免になると、杉本家は地元の高利貸の取り立てと、地方回りにくる芸人などの興行を取り仕切るようになる。

しかし昭和に入ると、戦時下という時代もあって、次第にそれだけでは食べられなくなってしまう。太平洋戦争中は、一兵士として南方に出征していた杉本だったが、復員してみると実家は没落し、村では「番太の家」として忌(い)み嫌われる存在になっていた。

杉本は、そんな故郷の仕打ちに落胆した。そして「ワシは戦争で一回死んだ人間や」と故郷を飛び出し、一発当てようと大阪に出てきたのだった。

債権取り立てと、興行に明るかったこともあり、杉本はそれらを足掛かりに大阪で着々と地歩を築き、昭和四四年に同和対策事業特別措置法ができると同和団体に出入りするようになる。杉本は、こういうときにだけ非人出身というのを前面に出した。

行政と交渉する手管を学ぶと、杉本は独立して「新同和会」を結成、さらに勢力を伸ばそうとしていた。「占有屋」の海原銀次のように極道をバックにつけながら、どこにも属さず己の才覚だけでのし上がろうとしていた。

そんな一匹狼の杉本にとって、行政との同和事業の交渉窓口を実質的に牛耳る解放同盟と、活動歴をステップに荒稼ぎしているカワナンの川田萬は、組織力にものを言わせる我慢のできない存在であった。

スジも違うし、同郷という親しみもない。だから機会さえあれば「川田がなんぼのもんじゃい。刺し違えてでも首とったる」という、憎悪にも近い感情を抱いていた。

一方の龍造は戦後生まれであり、川田萬や解放同盟に対する考えも、杉本とは根本的に違っていた。

解放同盟に対しても「人間、ようは金やろ」と見ていたこともあって、杉本のような憎悪はなかった。

龍造にとって「商い」とは、絶対的な物差しだ。己も他人も、それで測ることができる。

路地である向野から出た川田萬のカワナンに対して、親しみはあっても憎悪などさらさらない。憎悪があるとしたら、武田剛三のみである。しかし、杉本は武田剛三の存在すら知らない。

杉本と龍造は、対照的な二人だったが、ともにはぐれ者の一匹狼で、「のし上がったる」という点だけは共通していた。〝共闘〟する理由は、それだけで十分だった。


杉本は下戸だった。

料理もそこそこに、龍造に「カワナンと農林とのつながり」を説明し始めた。

この頃、すでにカワナンは建設業などにも進出して肥大化していたが、もともとは食肉大手「ニシハム」との取り引きを足掛かりに、さらに農林省と太いパイプをつくって牛肉輸入を次々に確保、膨大な利益を上げたのが巨大化の始まりだった。

まず、カワナンと農林を結びつけた決定的な事件が、「グリーンビーフ事件」だ。

これは昭和四八年、畜産振興事業団の判断ミスで、輸入した大量の牛肉が大阪南港（なんこう）

に陸揚げされたままグリーンビーフ、つまり腐って緑色に変色してしまった事件である。

腐った肉の処分に困った事業団に対して、カワナンはすべてを買い取ることで、農林省に恩を売った。こうして役所とのつながりができたカワナンは、輸入牛肉を優先的に回されるようになったのだ。損して得とれの典型的な手法だった。

杉本は「これは最初からカワナンが仕組んだこと、というのがワシの見立てや」と言う。

「農林をつついて、大量に輸入させた張本人は川田萬や。つまりマッチポンプやな。証拠はないけど、カワナンやったらそれくらいやるやろ」

その真偽はともかく、杉本の話に龍造はいちいち驚かされた。

そしてこの夜、杉本は、龍造に新同和会への加入を勧めた。

「上原さんが入ってくれたら、新同和の南大阪支部長まかせたい思うてます。一緒に解同の独占を、つぶしましょうや」

杉本の言葉に、龍造は「共産党と右翼か。まあ、オレらしくてええわ」と、二つ返事で承知した。

味野からも共産党への入党を勧められていたが、龍造はせいぜい「赤旗」の購読くらいで入党は固辞していた。そのため味野は龍造を「鉄砲玉」程度に考え、新同和会と引き合わせたのだった。

こうして一匹狼だった龍造は、共産党をバックに、さらに新同和会という右翼系の同和団体に入ることになった。これでようやく、解放同盟についた武田剛三と同じ土俵に上がることができたと龍造は思った。

そもそも「新同和会」を立ち上げた杉本が、初対面の龍造を受け入れたのは、頭数が足りないという事情もあったが、知り合いだった「占有屋」の海原銀次から龍造との一件を聞いていたからだ。

大阪は狭い。銀次と杉本もまた、大阪の裏社会に生きる者同士、知り合いだった。龍造とは初対面ながらも、話がスムーズにいったのはこのためである。

それからの龍造は、仕事が終わると北新地に出向き、新同和会の南大阪支部設立について、杉本と具体的な打ち合わせを重ねた。

カワナンの川田萬から龍造のもとに電話がきたのは、そんな最中だった。

川田萬は「関食と名乗る組合が、輸入牛肉の割当枠を農林から直接とった。どうも大阪の更池のもんらしい」という情報を聞き、すぐに電話をしてきたのだ。地元のことは知り尽くしている。更池で解放同盟に属さず、そこまでの度胸があるのは龍造くらいしかいない。

「関食っていう組合、あれは龍ちゃんとこか」

　龍造は「そうです」とだけ答えた。

「ほんだらその枠も、うちで買おか」

　カワナンがのちに世間で叩かれても、周辺の人々がけっして悪く言わなかったのは、川田萬の親分肌の気質もあるが、要は路地の人々にも利益を配分していたからだ。

　龍造に電話してきた時も「配当はちゃんと出すから、枠はうちで全部面倒みるで」という話だった。

「電話で話もなんやから、ちょっと会うて話さへんか」

　一一歳年上の食肉王である川田萬にそう言われては、さすがの龍造も断れない。二人は向野にある川田の事務所で、久しぶりに顔を合わせた。

　龍造がまだ河内天美の店で修業していたとき、川田萬は向野にあった小さな店を親兄弟だけで切り盛りしていた。そのとき川田に認められ、少し話をしたことがあった。

　それ以来、時々地元で見かけて挨拶することはあっても、こうして改まって対面するのは初めてのことだった。

川田萬は、身長こそ一六〇センチほどだったが、幼いころからの重労働のためか、がっしりした体軀と猪首はそのままだった。真っ黒な髪をオールバックにし、着ているスーツもイタリア製の高級品。普段は強面で知られたが、作業着姿のままでやってきた龍造に会うと人懐こい笑顔になった。

「龍ちゃんの店も大きなったな。今は更池イチやないか」

「いやいや、ニイさんのところに比べたら、穴蔵みたいな店ですわ」

「いや、店はまだ小さいけど、取引額でいうたら更池イチやなかったかな」

川田は、上原商店の年間取引額さえつかんでいることを言外に匂わせた。龍造は内心「この人はやっぱり底知れん」と思いながらも、表向きは平静をよそおった。

「ニイさんはせやけど、ぜんぜん変わってまへんな」

「ほうか？　ワシも年いったで」

川田萬は四一歳、龍造は三〇歳になっていた。初対面のとき川田は三〇代になったばかり、龍造はまだ一〇代の少年だった。

「ほんで関食いうのはまた、どないな風の吹き回しなんや。水くさいやないか。ワシに相談してくれたらええやないか」

「ニイさんにそんなこと相談できまへん」

「そんなことあるかい。昔からの知り合いやないか」

「そうでっけど……」

「もしかして、まだ武田剛三のこと、根にもっとんのか」

「……まあ、そんな感じですわ」

龍造はちょっと苦く思った。

「確かに武田剛三は足洗ろうたとはいえ、やり方はちょっといかんと思う。山口の豊さんの二代目にも問題はある。だから言うて、そんなメンツばっかり気にしてたら、これからの商売やっていけんど」

「更池で商売しよう思たら、これしかしようない思うたんです」

「ワシが剛三と豊さんに話とおすから、もうちっと我慢でけへんか」

「ニイさんがそう言ってくれるのは嬉しいんです。オレさえ頭下げとったらすむ話やいうのもわかってます。せやけど、これぱっかりは更池の問題でっさかい」

「ワシが言うても、我慢でけんか」

「オレかて、もう後には引けませんねや」

「そうか。しかし、この絵かいとんのは共産党の味野やろ」

痺れを切らした川田萬は、単刀直入に切り出した。

「知ってはりましたんか」

「一匹狼のあんたは、組合つくるなんてガラやない。組合つくるいうたら、共産党の得意技やないか。そんなことできる奴は、ここの味野しかおらへん。おまけに右翼まで連れて、東京に乗り込んだやろ」

「………」

「共産党がついとるから、役人とも面会でけた。せやなかったら門前払いやもんな。せやけど、その右翼は他所もんや。あんたがホンマに関係しとるのは、新同和やな」

そこまで知ってるのかと、龍造は舌を巻いた。「まだ決まってまへん……」と、歯切れの悪い返事しか返せない。

「共産党と右翼か。あんたらしい言うたら、あんたらしいけどな。まあ、ええわ。味野とはどうせ一戦交えなアカンことやしな。せやけど龍ちゃん。自分で操っとる思ても、逆に操られとることもあるんやで。それだけは気ぃつけや」

共産党の味野は、龍造らをオルグして勢力拡大を図り、「窓口一本化は法律違反だ」と、松原市議会に圧力をかけ続けた。

同和対策事業における解放同盟の窓口独占を覆すため、ついに市議会では、羽曳野の味野をバックにした共産党松原市議団による追及が始まったのだ。

その言い分を要約すると、――解同は、事業者が一致団結して窓口を一本化していると言うが、更池地区では解同に属していない事業者もいる。思想信条が違うからと、彼らがその恩恵を受けられないのはおかしいのではないか――ということに尽きる。

相手が行政だけに、ここは正論で押し通そうという作戦だった。

共産党の力が弱い更池では、龍造ら偏屈な者、創価学会員などを合わせた五人以外の住民のほとんどが、解放同盟に所属していた。

更池における解放同盟の勢力増大は、思想信条というよりも「儲かるみたいやからいっちょ噛もや」という、素直といえば素直な住民意識から始まったともいえる。

しかし、龍造を含めた五人が新たに組合をつくったことで、「住民総意での窓口一本化や」という、解放同盟の主張が崩れた。共産党市議団は、この点を突いて市議会で問題にしたのである。

社会党系の解放同盟を向こうに回して、表立っては共産党系の全解連が、そして裏では自民党系の同和会が、窓口一本化を潰しにかかっていた。初めは勢力にものを言わせていた解放同盟も、やがて防戦一方になっていく。

共産党系は市議会での追及とともに、昭和五〇年頃から大阪地裁に「窓口一本化は違法だ」と提訴し、同様の運動を各地で進めていた。同和会は同和会で、市議会でのロビー活動を主な戦術にした。

その後ろで虎視眈々と参入を狙っていたのが、大阪の杉本昇率いる新同和会であった。

そうした訴訟運動の裏で、新同和会の杉本と解放同盟系のカワナンの川田萬が、共産党の味野の仲介で交渉することになった。

窓口一本化を突き崩すには、市議会での追及や訴訟など公けの活動の他に、さまざまなロビー活動や駆け引きを行う必要がある。その一環として、杉本は「話し合いがしたい」と、カワナンの川田を引きずり出すことに成功したのだ。

杉本は、この大阪ロイヤルホテルでの交渉が山場だと踏んでいた。

そこで交渉の場に、バックについていた黒澤組の若い衆を連れて行くことにした。川田萬は、秘書を連れて二人できた。川田は、杉本をただの利権屋だと見くびっていたのだ。

黒澤組は、大学を出たインテリの黒澤明が組長をしている異色の極道だ。そのうえ山口組三代目組長・田岡一雄の懐刀とも言われた武闘派でもあった。

川田がホテルにあるレストランの個室に入ると、すでに三人の若い衆と杉本が待っていた。

「こら、どういうことですか」

すぐに極道だと気づいても、川田は慣れたものである。龍造と同じく、川田も極道とは何度も切った張ったを繰り返してきたのだ。逆にいつもより堂々としていた。

そこは杉本も心得たものである。

「いえ、どうもこうもありませんわ。今日は話し合いにきましたんや。これはただの、うちの若い衆ですわ」

笑顔でそう答えたが、目は笑っていない。後ろに控える黒澤組の若い衆は、黙って床を見つめて瞬き(まばた)もしない。

「話し合いの席にしては、ちょっと物騒な人らがいてまんな」

「邪魔でっか？」

「邪魔いうことはないけど……」

川田は不快な表情を隠そうともせず、そっぽを向いて答えた。

「まあええわ。なんの話でっか。ワシも忙しいんで、手短に頼んますわ」

「上原龍造さんて、知ってまんな」

「ええ、知ってますよ」

「その上原さんが、うちの新同和会の南大阪支部長に就くことになりましてね」

「そうみたいでんな。上原龍造は、あんたがそそのかしたんやろ」

それを聞くと、杉本は豹変した。

「そら聞き捨てならん言い方やのう。おたくが窓口一本化で行政を独占しとるから、上原さんも義憤にかられてうちに参加したんやろが。それをそそのかしたて、何やねんコラッ」

杉本の方が、川田萬より一〇以上年かさである。

啖呵をきると、杉本はテーブルの上にゴトッと拳銃を置いた。工芸品のように磨き抜かれ、黒光りしたスミス&ウェッソン（S&W）だった。このリボルバーには六発弾が入るが、安全のため一発ぬいてあった。

さすがの川田も、思わずのけぞった。

隣で立っていた秘書が、「ウッ」と声にならないうめきをもらした。杉本は挑発して、川田が強気に出てくる機会を窺っていたのだ。

「今度、窓口一本化を松原市議会で追及して潰すつもりですねん。それについて、おたくが一切、口出せへんていう言質が欲しいんですわ」

川田は押し黙るしかなかった。交渉窓口の独占については、組織に属さない路地の人々からも疑問視されていた。その弱みを突かれたからだ。その点では、杉本に理があった。さらに「これは絶対に奪い取る」という本音があった。

交渉の場において、この建前と現実が一つになったとき、それは正義となり一定の説得力をもつ。しょせんは金の奪い合いなのだが、建前がないと結局は人も金も付いてこないし、裁判にも勝てない。杉本はその点を突き、さらに拳銃を出してダメ押ししたのだ。

川田の顔が憤怒のため、みるみる赤く膨れ上がった。杉本はテーブルに出した拳銃を握りしめたまま、川田を睨み続けた。

しばらく沈黙がつづいた。先に声を発したのは川田だった。

「わかった。口は出さん」

「ホンマやの。後ろで手引いたら、戦争になるど」

「わかっとる。ワシも男や。二言はない」

川田は、今にも杉本に飛びかかりそうな形相のまま、強いて落ち着きはらった声で言った。

杉本は「それを聞いて安心しましたわ」と、拳銃を懐にグッと押し込んだ。川田の秘書はもちろん、若い衆にもいくぶん安堵(あんど)の表情が浮かんだ。

「ほんだら、これで」

杉本が仰々しく顎(あご)をしゃくると、若い衆がさっとイスを引いた。振り返ることなく、四人の男たちは個室から出ていった。

屈辱に耐えた川田は、歯を食いしばっていたが、頭の中では激しく計算を働かせていた。

そしてオドオドしている秘書の方を向くと言い放った。

「政(まさ)に電話せえ」

「はッ？」

「弟の政じゃッ。今すぐ電話せえ」

「すぐ来るて、言うてました」

秘書が電話をして戻ると、川田はもう平静に戻っていた。

「しかし、今日はやられたの」

「まさか極道連れてくるとは。あいつら何考えとるんでしょうか」

「あれは狂犬じゃ。気違いには気違い、極道には極道じゃ」

川田はそう言うと、バカラのグラスに入ったウィスキーのロックを一気に飲み干した。

目の前の仕事はすぐに片づけないと気がすまないタチの川田萬は、弟を連れて数日後には神戸に向かった。こういうこともあろうかと、ブラブラしていた二人の弟、政三と秀樹を極道につかせていたからだ。

やがて山口組五代目組長となる渡辺芳則と川田萬が「まんちゃん」、「ナベちゃん」と呼び合う仲だという噂が広がるまで、そう時間はかからなかった。

川田は「解放同盟の窓口独占が崩れるのはしゃあない。時代の流れや」と理解しながらも、この屈辱だけは腹に据えかねた。以前から極道をバックにつけていたが、弟二人が入っている小さな下部組織を足掛かりにして、さらにその上に君臨する山口組トップと手を結ぶ必要を感じたのだ。

これは全国に支社をつくりあげ、建設業などあらゆる業種に進出し「川田コンツェルン」と揶揄されるようになっていたカワナンにはこの先、絶対になくてはならないものだと悟ったのである。

全国で事業を展開する川田は、これからも各地で同様のトラブルが起こるであろうことを想定した。そうなると日本最大の極道である山口組のトップこそ、自分に相応しい。川田は以前から自らの身内を極道に入れていたことを活かし、さらに組のトップと直接の太いパイプをつくり上げることにしたのだ。

こうしてカワナンは山口組トップのパトロンとなり、以降、川田萬に直談判できる者はいなくなった。表向きは同対法という国の法律、裏では山口組という闇社会のトップがついたことで、警察や検察でさえ川田には手を出しかねるようになったのだ。

その間隙を突いた今回の「話し合い」は、杉本の最初で最後、一世一代の大勝負であった。


事務所に戻った杉本は、興奮状態が冷めないようで、その夜のうちに北新地にある料亭に龍造を呼んだ。

「龍ちゃん、もうこれで大丈夫ですわ。今日ワシ、川田萬をキャンといわせましたんや」

内心では驚いた龍造だが、他人事のような顔をして言った。

「川田萬て、カワナンのトップのでっか」

「そうですわ。黒澤組の若いもん連れてね。これ前に置いたら、さすがの川田も黙ってましたわ」

そう言って、杉本は黒光りする拳銃をのぞかせた。

「ワシ、ホンマに殺すつもりでいきましたんや。そやないと、川田も引きませんやろ。しかし、川田いう人もエライもんですな。ワシが本気やいうこと、わかったんでっしゃろな。すぐに『わかった、男に二言はない』てハッキリ言いよりました」

「そんなことしたら、戦争になりまっせ」

「その点は心配いりませんわ。言質とったんやさかい。それに窓口一本化は、市議会で堂々と潰しますねんで。これで抗争になったら、どっちが損するか、あの人くらいの人物やったらすぐに計算しますやろ」

「……そうでっか」

龍造はふと、少年時代からの知り合いで、解放同盟の向こうを張ることになった自分を心配して電話をくれた川田萬を思って感傷的になった。

その様子を見て何かを悟った杉本が、自嘲気味に言った。

「ホンマに『被差別部落民の団結』どころか、『仁義なき戦い』ですわな。よっしゃ、今日からワシらは大手を振って歩ける。祝杯や。めでたいッ。新同和会の南大阪支部長に乾杯や」

冷酒の入った小さなグラスで、二人は乾杯した。

もはや後戻りはできない。曲がりなりにも杉本は体を張って川田から利権を獲ってきてくれたのだ。龍造も腹をくくった。

訴訟でも、解放同盟には凶と出た。敗訴したのだ。こうして昭和五五年以降、各団体がそれぞれ窓口となることを認められることになる。これを機に、解放同盟による窓口一本化は大阪をはじめ、各地で相次いで取りやめられるようになったのである。

「話し合い」の日を境に、本格的に新同和会が食肉の町、南大阪に進出することになった。

苦労して奪い取った輸入肉の配当は大きく、他の組合員に配分しても、龍造のもとには月々数百万円が入った。

その金をもとに、龍造一家は路地を出て、隣の羽曳野市の一般地区に一軒家を建てた。

羽曳野は、川田萬や味野の出身地ということで血気盛んな印象があるが、河内にあっては比較的温厚な住民気質で知られ、もともと自然が豊かな土地だ。大阪府東部にある河内平野の南に位置し、東は二上山系（にじょう）を挟んで奈良県香芝町（かしば）に、西は美原町と松原市に隣接している。下町でゴミゴミした松原市とは対照的で、高級住宅街もある。

この地への引っ越しを勧めたのは、龍造の育ての親のマイであった。奈良にある三輪明神の参道にある占い屋で、路地から東方にあたる羽曳野市がいいと出たのだ。羽曳野市は三輪山からもそう遠くはない。

マイは「更池に住んどったら、子供らまで部落や、同和や言われるから」と、団地からの引っ越しを龍造にしつこく勧めたのだ。

堺の一般地区から嫁いできた恵子も、四人の子供たちも更池に馴染んでいたが、住む場所にこだわりのない龍造はマイの忠告を受け入れ、引っ越ししようと決めた。末っ子の善広が、小学校一年生のときだった。引っ越すなら、善広がまだ幼い今がいいと、恵子も賛成した。

羽曳野市の中でも島泉（しまいずみ）という地を選んだのは、すぐ近くに溜池（ためいけ）があったからだ。それは俗に「雄略天皇陵」と呼ばれる古墳で、小さな池の真ん中が島のようになっている。そのため「島泉」という地名が付いたのだ。

更池も、路地の中心にあった溜池を半分埋め立て、青少年センターを建てていたが、その風景が天皇陵とよく似ていた。龍造は特に意識したわけではなかった。無意識のうちに、その場所を選んでいたのだった。

昭和六〇年、龍造は更池の実家を取り壊し、三階建てのビルを建てる。一階に業務用の冷凍庫を一つ、冷蔵庫を二つ据えた。冷蔵庫だけ二つにしたのは、冷蔵よりやや低温のチルドで枝肉を熟成させるためだ。

龍造は独立して一〇年足らずで、先祖代々の実家を小さなビルに建て替えることができた。もはやちょっとした食肉工場である。バブル景気の直前だったので、建設費はおよそ七五〇〇万ですんだ。


延びのびになっていた新同和会南大阪支部の設立は、翌昭和六一年。「ＵＥＨＡＲＡ　ＳＨＯＴＥＮ」の看板の上に、菊の紋をつけた「新同和会 南大阪支部」の銘板も取り付けた。

こうして支部が本格的に立ち上がると、杉本は「すぐ地元に挨拶に行こ」と龍造を店から連れ出し、松原市役所へと向かった。

市役所に入ると、杉本は一直線に総務課を目指し、窓口で「おい、課長出せや」と言った。

「どんなご用件でしょうか」

「あんたに話してもしょうがない。課長だせ、言うとるんや」

「ご用件を先に伺わんことには……」

窓口の係が事務的にそう言うと、杉本は大声で怒鳴りつけた。

「やかましゃあッ。お前では話ならん言うとるやろが。何回言わせんねん、どアホッ。課長出せや。そこに偉そうに座っとるやないか。ここからもよう見えとるやないか。おい、お前が責任者やろ。ちょっと出てこいて、何回言うたらわかるんじゃッ」

するとと課長は、バネ仕掛けの人形のように立ち上がって、小走りに駆け寄ってきた。窓口の係は、びっくりして何も言えない。課長は「君はもうええから」と小声で言い、杉本らに威儀を正して応えた。

「なんですの、あんたら。大声出されたら、市民の方がびっくりするやないですか」

「新同和会の南大阪支部ちゅうもんつくったもんで、ちょっと挨拶に寄っただけですわ。あんたさえ出てきたら、何も大声出さんがな」

杉本が菊の紋がついた名刺を差し出すと、龍造も「新同和会南大阪支部長　上原龍造」と書かれた名刺を取り出した。杉本と同様、名刺の上には金色の菊の紋が入っている。

「はあ……。政治団体ですか」

「そや。こちらが南大阪支部長の上原さんや。更池で店出してはる方や。そう言うたらわかるやろ。これからよろしゅう頼むで」

「新同和会」、「更池」の名を出すだけで、課長は事情を呑み込んだ。市議会で窓口一本化が崩れたことは、職員みなが知っていることだ。杉本は龍造に向かってニッと笑った。

次に向かったのは、松原警察署である。

ここでも杉本は「署長さんに用があるんですわッ」と大声で署長を呼び出し、市役所と同じように名刺を手渡した。署長は取り澄まして、それを受け取った。

かつて少年時代、親戚の為野留吉(ためのとめきち)とここの留置場に放り込まれたことも、字もよう書けん路地の者と蔑(さげす)まれたことも、まるで夢のように思えた。

署から出ると、杉本は優しく龍造に語りかけた。

「どうです。向こうもびっくりしとったでしょ」

「市役所と警察署に、何で挨拶がいるんでっか」

「うちらは政治結社やから、いちおう覚えといてもらわんといかんのですわ。それに、こっちから挨拶に出向いて睨みきかせといたら、今後、向こうも勝手なことはできんでしょう。そや、副支部長もおいとかな。誰か知り合いおりまっか」

こうして新同和会は龍造のもと、同じ路地で馴染みだった食肉卸の河野守を副支部長に据えた。支部員は、龍造を入れて総勢五人、すべて更池の路地の者だった。

この頃、解放同盟松原支部長は山口豊太郎の息子である光太郎に代わっていたが、この息子が正規のセリを通さず、輸入牛肉の約三割を横流ししていた。もちろんバックに解放同盟とカワナンが付いてのことだ。輸入牛肉は単に右から左へと商社に売ってしまうだけで金が入るから、こうしたことが横行していたのである。

龍造は、共産党の情報から、とばの事務所でこの事実をつかんで役所にねじ込み、これも潰した。杉本のやり方をすぐに飲み込んだ龍造は、矢継ぎ早に不正を追及して、利権を奪取していった。

これが私利私欲だけでなく、解放同盟に入った武田剛三との少年時代からの確執がからんでいると知る路地の食肉業者たちは、みな諦め顔だった。

「龍も付き合い悪い人と組んだな。まあ、血の気の多いあの人らしいわ」

すでに解放同盟に所属している彼らに直接の被害はないのだから、どちらにしても他人事であった。

同じ頃、龍造にとって一つの誤算が生じていた。

幼馴染で、修業時代から一緒にやってきたミノルの様子がおかしくなっていたのだ。

ミノルはもともと路地の者ではなく、赤ん坊のときに両親に捨てられ、遠戚を頼って更池に移り住んだ「入り人」だった。実は路地には、江戸時代から住み続けている者の方が少ない。上原の家は江戸後期に移ってきたが、明治以降に路地に入ってきた者の方が多かった。

彼らは、たいてい他の世界にいられなくなった者たちで、主な原因は貧困にあり、他にも前科持ちから駆け落ちまで、それぞれが様々な事情を抱えていた。中には遠く熊本で水俣病を患い、地元での偏見から逃れるようにして、更池に移り住んだ者たちもいた。大阪の路地はそうした主に西日本の社会的弱者たちによって、大きく膨れ上がっていた。

やがて成長したミノルは、幼くして生母を亡くした境遇の龍造と意気投合し、龍造の舎弟分のようになった。短気で突破な龍造と違い、ミノルは気が弱く大人しい。そうした性格の違いもよかったのかもしれない。龍造が独立するとき、ともに働いていた松井商店から引き抜いたのだ。

やがて他にも従業員を雇うようになると、ミノルを捌き長に就けて、その日の段取りを任せるようになっていた。龍造自身は同和利権の運営と取引先の新規開拓、枝肉の買い付けに専念するためだ。

しかし、やがてミノルはヘマばかりするようになる。

龍造がそれに気づいたときは、すでに遅かった。

その日もミノルは、午前七時という出社時間に遅刻してきた。

気心が知れた仲ということで、遅刻はたいして気にもとめなかったが、ミノルが手持ちの包丁一式を床にぶちまけたとき、龍造はさすがに「これは変だ」と気が付いた。

「なんやお前、酔っぱらってんか」

捌き職人にとって、包丁は単に高価というだけでなく、大事な商売道具である。

「いや、飲んでない飲んでない。ちょ、ちょっと手元が、く、狂うたんや」

「ちょっと手元が狂うたて、お前、ろれつ回ってへんやないか。ちょっとこっち来いッ」

短気な龍造はミノルの胸倉をつかむと、顔を近づけた。酒臭くはなかったが、むうっと臭(にお)う。

「なんやお前、その歯、どないしたんじゃッ」

「えッ。歯ぁ？　歯は、前からこんなもんやけど……」

「ボロボロやないか。ちゃんと歯、磨いとんのか」

「あ、あんまり磨いてへんな。そういえば、ここのとこ……」

「しっかりしてくれよ。頼んまっせ、捌き長ッ」

酒を飲んでいないとわかり安堵した龍造が、笑顔で冗談めかしてそう言うと、ミノルは「へへ」と笑い返して巨大なまな板の前に立つとシャキッとして、いつものミノルに戻っていた。

昼食は日頃から近くにある「麓食堂（ふもとしょくどう）」へ、手の空（す）いた者から順番に行くことになっていた。支払いはツケで、毎月終わりに上原商店で精算していた。昼食代を出す代わりに、休憩はそれだけである。

とばでのセリが終わり、昼食に戻ってきた龍造に、捌き職人の萬野（まんの）が「社長、ちょっと」と言って目くばせした。

「なんや。飯は食べたんか」

「飯は終わりました。社長、ちょっと言いにくいんでっけど」

「何やねん」

龍造は「また金か」と思ったが、口には出さなかった。捌き職人のプライドに配慮したのだ。

龍造より五歳上の萬野は、酒と博打（ばくち）が好きだった。それでちょくちょく給料の前借を頼んできていた。妻は河内松原駅近くで喫茶店を営んでいたが、赤字であった。

龍造の顔色で察した萬野は、慌（あわ）てて手を振った。

「ちゃうちゃう、今日は金やおまへんね。捌き長のことなんやけどな」

「何や、ミノルがどないしたんや」

「最近、ちょっとおかしいんですわ」

「おかしいて、何がや」

「いや、最近どころか、前からおかしいの、社長、知りまへんのか」

「何やねん、もったいぶらんと、はよ言えやッ」

龍造は、萬野の持って回った言い方にカッとなる。萬野は、どうせ雇われの身やからどうでもええわと思っていたのだが、さすがに我慢の限界であった。

「ミノルさんね、仕事になりませんのや。しばらく前から、ワシが段取りしてますねん」

「あんたが何の段取りしとんねん」

「捌きの段取りですわ。ミノルさん、ぜんぜん何もできませんのや」

龍造にも心当たりのあることだったので、急に神妙になった。

「いつからや？」

「ひどいのは二、三カ月くらい前からですわ。社長、ワシ自分が酒飲みやからわかりまっけど、ミノルさんな、酒やおまへんで。あれシャブでっせ。社長の前ではシャキッとしますねんけど」

「シャブ？　ミノルがか……」

「この前、便所あけたら、ミノルさんが注射器もってこうしてたん、ワシ見たんですわ。間違いないですわ」

萬野はそう言うと、腕に注射する仕草をしてみせた。

「ほんで、仕事ならへんて、どういうことやねん」

「もう、段取りも何もわかってへんみたいなんです。それでワシが頼まれてしばらくやってましたんやけど、もうワシも限界ですわ」

すべてを飲み込んだ龍造は「そうか、わかった。仕事に戻ってんか」と萬野に言って、事務所にいる妻の恵子に声をかけた。

「おい、ミノルはどこいっとんねん」

「麓さんとこへお昼いってるわ」

龍造が早足で食堂に向かうと、ちょうど食堂の前でしゃがんでいたミノルと出くわした。

「ミノル、お前ちょっと手え見せえッ」

龍造は、有無を言わさずミノルの長袖(ながそで)をガッとまくった。

捌き職人はみな、冷たい肉を相手にするので夏でも長袖でいる。それを自分なりにやりやすいように丈を調節するのだが、ミノルの袖口は、だらしなく伸びて丈も長くなっていた。

真っ白な腕の内側は、どす黒く変色していた。注射針を換えず、そのまま使いまわししているので細菌感染を起こしていたのだ。むっとする腐臭が、再び鼻をついた。

「何かおかしいな思てたら、おどれ、シャブやっとったんかッ」

龍造は我を忘れて、ミノルの頬に拳骨を打ち込んだ。

不意を突かれたミノルは、そのまま尻餅をついた。

「りゅ、龍ちゃんッ」

「おどれに店、任せたんは誰や思っとるんじゃッ」

龍造は二発、三発と拳骨を食らわした。

「龍ちゃん堪忍や、堪忍してくれッ」

「シャブであかんなった極道、おどれもさんざん見てきたんちゃうんかッ」

顔を赤く腫らしたミノルは、力なく地面にへたり込むと、泣きながら弁解した。

「いやもう、何もかもうまいことといかへんねん。飛田のスミちゃんにも男ができて」

「スミちゃんて、お前の女やないか」

「そや。飛田から引かせたんやけど、他に男つくってたんや。逃げてもうた」

「それとシャブが、どない関係あるっちゅうねんッ」

龍造はさらに拳骨を食らわせた。ミノルは鼻からも口からも血を流した。

「オレ、龍ちゃんみたいに強ないし、シャブ打ってようやく仕事に来とんねん」

龍造は呆気(あっけ)にとられた。

無念さで涙があふれた。

「なに情けないこと言うとんじゃ、ミノルッ」

シャブ中になったミノルは、翌日から店に来なくなった。

しばらくして顔を見せたと思ったら、龍造に金を無心するのだった。べったりと牛脂の付いた床に土下座して懇願するミノルに、龍造は従業員の手前、「シャブ抜いてから出直せッ」と怒鳴りつけた。

ミノルが団地の屋上から飛び降りたのは、それから一カ月ほどしてだった。

それを聞いた龍造は、「ミノルは、シャブでアホになった」と、いまいましげに恵子につぶやいた。そしてミノルがシャブを打っていた同じ便所で、声を押し殺して泣いた。三度自分は一人になったのだと、泣いた。

第七章　同和タブーの崩壊を物ともせず

路地の団地を出て、羽曳野に一戸建てを建てたものの、龍造はその新居に一年もいなかった。

新同和会の杉本の案内で北新地のスナックに出入りするようになると、やがて良子という女ができたのだ。

初めて会ったとき、良子は「ひとみ」という名だった。厚化粧をしていたので、そこそこの年のように見えた。最初に目を付けたのは杉本だったが、良子は金回りがいい年寄りよりも、口は悪いが細やかな気遣いを見せる龍造によくなついた。やがて良子は、龍造とだけ本名で打ち解けて話をするようになっていた。

ある夜、杉本が手洗いに立つと、龍造は良子に訊ねた。

「良子ちゃん、あんた、ホンマはいくつなんや」

龍造はもう、本名で呼んでいた。年を訊いたのは、二度目だった。

「もう、前に二二歳って言うたやん」

「いや、ホンマの年きいてんねや」

「……龍ちゃんには言うけど、ホンマは一七。お店の人に言われてるから内緒やで」

「ほうか」

逆に、二五くらいかなと思っていた龍造は、驚きながらも平静を装った。

「絶対、内緒やで。そやけど、何でわかったん」

「そら会話でわかるがな」

「なーんや、ほんだら前からバレてたんや」

「当たり前やんけ。最初からわかっとったわ」

出まかせだったが、「そんなことくらい見抜けんと、商売でけん」と鼻で笑った。

「さすが龍ちゃん。私が見込んだ男だけのことあるわ」

「アホか、おしめも取れてないような女に言われとないわ」

そう笑いながら、龍造もまんざらではなかった。

やがて龍造は、共産党の味野に操られていたことに気づく。

味野に借りた二〇〇〇万で「関西食肉協同組合」という名の組合をつくり、輸入牛肉の割当枠を奪うという話だったが、味野はこれを反故にして、「その二〇〇〇万で枠を自分が買いとった」と言い出したのだ。

解放同盟の窓口独占に抗するという大義名分の裏には、共産党が弱い更池で勢力を伸ばし党内での自分の影響力を拡大すること、さらには龍造を使って自らも一枚嚙もうという狙いがあった。

味野は端から龍造を、輸入牛肉をカワナンから奪い取るための、さらに解放同盟の窓口一本化を潰すための道具としか考えていなかったのだ。

最初に「おかしい」と思ったのは、新同和会の杉本と北新地で呑んでいるとき、杉本から直接「味野には気ぃつけや」と言われたことがきっかけだった。「味野はあんまり信用せん方がええで」と、遠回しに言われたのだ。龍造は川田萬の忠告を思い出した。

杉本も最初から、龍造が味野に操られていると知っていたが、味野との関係もあって、そうした控えめな警告となったのだ。

やがて二〇〇〇万の返済を迫られて味野の本性が明らかになると、龍造は「共産党は極道よりもえげつないことしてけつかる」と激怒した。

味野が龍造を前面に立てたのも、結局はカワナンの川田と自分が直接、対峙しなくてすむからであった。バックにいる解放同盟とは政治的に対立していても、カワナンとは衝突したくなかったのだ。

何もかも、仕組まれたことだった。味野が龍造を新同和に紹介したのも、自分から遠ざけようとするための策略だった。

仕方がないので、五人の組合員で金を出し合い、味野に借りた金をまずは完済した。龍造たちが輸入牛肉の利権にありつけたのは、輸入自由化になるまでの間だけだったが、それでも数億の金が入ってきた。とはいえ、二〇〇〇万というのは手痛い〝授業料〟であった。

「ホンマ、味野は生き馬の目を抜くようなことしさらす」

龍造は、苦い思いをウイスキーのロックとともに飲み干した。早く酔ってしまいたかった。横に座っていた良子が、心配そうに龍造をのぞきこむ。

「なんかトラブルでもあったん」

「二〇〇〇万、まるまるいかれてもうたんや」

「ひどい人やなあ。龍ちゃん、人がいいから」

「人がええでは、この商売はやっていかれへん」

「だから龍ちゃん一人が、苦労するんやね」

「苦労ばっかりや。何も知らんいうのは、損なだけやな」

「損しても、いつまでも良子の前ではええ人でいてね。ひねくれたらあかんよ。うちの周りは貧乏人ばっかりやけど、貧乏は人を性根から腐らせるから」

良子は、不幸な生い立ちであった。

両親の顔は知らない。堺の路地にある児童養護施設から小中学校に通い、中学を出て工場に勤めるも長続きせず、中学時代の不良仲間と北新地に流れてきていた。

一カ月ほど良子のいるスナックに通い詰めると、龍造は良子に、不良仲間と借りていたアパートを出るように言った。そして自分たちのために、六畳一間だが風呂(ふろ)付きの小さなアパートを借りた。

金はあるのに住処(すみか)にこだわらない龍造らしい、木造の古いアパートだった。しかしそれがまた、惚(ほ)れた良子の目には「気取らない倹約家」と映った。近所では二人は、まるで新婚生活を始めた若夫婦のように見られた。

龍造にはすでに妻の恵子と四人の子があったが、罪悪感を覚えるようなことはなかった。そうした感情が欠落した男である。

そんなある日、龍造が配達途中に本宅に寄ると、恵子が男と台所にいた。

龍造はカッとなった。

「お前ら、人の家で何しとるんじゃッ」

激怒した龍造を止められる者はいない。

逃げまどう間男は、龍造も知っている顔だった。確か取引先の小売店の捌き職人だ。

男も捌き職人だから、腕っぷしは強い。しかし不意を突かれた男は、龍造が手にしたイスを正面からもろに受けてもんどり打って倒れた。

喧嘩の定石は、先制攻撃である。さらに包丁を握らせたら、相手がチャカ（拳銃）でも持っていない限り龍造は負ける気がしなかった。イスで殴り掛かった龍造は、台所の包丁を探した。

しかし、見つからない。恵子が機転をきかせて隠したのだ。

恵子は、龍造がすぐに包丁を持ち出すのを何度も見ている。大事になってはいけないと、咄嗟に何本かある包丁をまとめてゴミ箱に突っ込んだのだ。

「おどれ、包丁どこやったんじゃッ」

「あんた、包丁はアカンて。堪忍したって、うちが悪いねん」

「もう遅いわい。オレが必死こいて仕事してるときに、おどれは男連れ込んでたんかいッ」

　それを聞くと、恵子はその場に泣き崩れた。

「あんたが帰ってけえへんからやんかッ。私がどんな思いして待ってるか、わからへんのんか」

　一瞬ひるんだ龍造だが、男が外に逃げようとするのを横目で捉えた。

「おどれ、どこ行くつもりじゃッ」

　合田というその男は、堺の路地の出身で、堺東の肉店で捌きをやっていた。

「うちに時々くる上原商店の龍造いうの、あれは気違いや。極道を包丁もって追いかけたこともあるほどや。付き合うてる連中も右翼とか極道ばっかりや。普段は愛想もいいし大人しいけど、カッとなったら何するかわからん。会うても、余計なことしゃべったりすなよ」

　店の社長からそう注意されていた合田だが、まだ二二歳と若く、向こう見ずであった。以前から配達にきていた恵子を見初め、休憩時間中に抜け出してことに及ぼうとしていたのだ。

　しかし、こうなっては逃げるしかない。「龍造は気違いや」という社長の言葉を思い出したのである。

ところが、龍造にベルトをとられ、片手で台所までふっ飛ばされてしまう。上背はないが、がっしりとした体軀の龍造は持ち前の怪力で、片手で合田を宙に浮かせたのだ。

合田も腹をくくった。こう見えても、堺では「觗松の種牛」と呼ばれ、色ごとと喧嘩沙汰には自信がある。「ウオーッ」という奇声をあげて、頭から龍造に突進していった。

しかし、喧嘩にかけては年季が違う。

龍造は咄嗟に向きをかえ、合田の襟首とベルトをつかむや、頭から壁めがけて思い切り叩きつけた。バリバリッと音がして、壁にぽっかりと穴があく。

合田を廊下に引きずり出し、拳を顔面に打ち込もうとした瞬間、拳が空を切って壁にめり込み穴をあけた。

恵子が龍造の腰にしがみついていたのだ。

さらに憤激した龍造は、まず恵子を足蹴にし、その顔面に何発か拳骨を入れて倒した。そして再び合田に向かい馬乗りになると、何度も顔面に拳骨を叩き込んだ。合田の頭と顔から血しぶきがあがり、強烈なシュートに龍造の拳が裂ける。

合田がぐったりするのを見て、龍造はハッと我に返った。

これ以上やると、確実に死んでしまうだろう。こんな間男を殺すことで、一生を棒にふるわけにはいかない。

裂けた拳から血をしたたらせ、龍造はぜいぜいと息をきらしながら、立ちすくんだ。

恵子を見ると、仰向けに体を横たえ、顔を真っ赤に腫らして泣いていた。

恵子をそのままにして、龍造はその場をあとにした。軽トラックの中で、今さらながら妻に浮気されたことを思い、「もう死んだろかな」とさえ考えた。

合田の容体を心配したのではない。幼い頃に実母を亡くし、育ての親も嫁いでしまったと知ったときの衝撃と悲しみ、寂しさが堰をきったようにあふれ出してきたのだ。

そして今また、妻の恵子にも裏切られた。自分はまた独りぼっちになってしまうのだ。

自らの浮気が原因だとは、龍造は思ってもみない。「死のうか」という刹那的な思いも、恵子に悪いことをしたという気持ちからではない。

女にはマメで気遣いの人間だったが、龍造には相手に対する思いやりや、ことの善悪を客観的に判断する能力が欠けていた。法律も、正当な理由があれば破るのが当たり前だと考える男だ。

しかし、自殺は思いとどまった。シャブ中になり投身自殺したミノルのことを思い出したのだ。

やがて良子のいるアパートに転がり込むと、驚いている良子の膝に抱きついて咆哮するように泣きじゃくった。

歳の差二〇近い龍造が子供のように泣きじゃくるのを見て、良子は「どないしたん、ねえ、龍ちゃん。良子に言うて」と声をかけたが、龍造はただ泣き続けるばかりだった。

金のことではないなと、良子は思った。商売上のトラブルでこんな泣き方はしないはずだ。こうまでして泣いているのは、身内のことに違いない。今はそっとしておこうと思った良子は、上から覆いかぶさるようにして龍造を抱きしめた。

龍造が出て行ったあと、息を吹き返した合田は、恵子に言われてあらかたの血をぬぐってから、堺の路地にある病院に自ら向かった。

末っ子の善広が小学校から帰ってくると、家の壁にいくつもの穴があいていた。恵子は、台所に座り込んで泣いていた。

「どないしたんッ。お母ちゃん、泥棒でも入ったんか」

小学二年生でも、尋常でないとわかった。恵子は泣きながら言った。

「お父ちゃんに、合田さんといるとこ、見られててん」

善広は「合田」と聞いて、何度か母と一緒に堺東の繁華街に行ったときに会った男のことを思い出した。

まだ幼い善広には、それが愛人との逢瀬（おうせ）だとわからなかったが、母が父とは違う男と嬉（うれ）しそうに話しているのを見て、何も言えなかった。

善広を美容室に「散髪」という名目で預けると、二人は小一時間ほどどこかへ消えるのが常だった。

もっとも龍造と恵子は、この一件で関係が切れることはなかった。龍造にとって、恵子は己の青春そのものだったからだ。女ができたからといって、すぐに別れる気にはなれなかったのである。恵子も、四人の子を抱えて別れるのは経済的に無理とわかっていたし、やはり未練もあった。

桂小金治が司会をしている『それは秘密です!!』というテレビ番組で、離ればなれになった肉親が再会するシーンを見ては、いつも滂沱（ぼうだ）と涙を流す龍造を、恵子は最後まで憎めなかった。何より上原商店は、自分と二人で大きくしたのだという自負がある。

やがて龍造は良子のアパートに泊まりながら、日中や夕食時にだけ羽曳野の自宅に寄るという、二重生活をおくることになる。

恵子は腫れた顔で、龍造が来る時刻になると、つまみになる小鉢をいくつも用意して待った。近所には「止まってる車に自分から当たってしまった」と、すぐにわかる嘘をついた。

二つの家を行き来することで、今度は良子の方が不満をもらすようになった。

龍造は仕方なく、重労働で恵子が膝を痛めていたのを理由に仕事を辞めさせた。そして良子を事務員として雇い入れ、なるべく良子と一緒にいられるようにした。ときどき店の金を抜いては遊びに使っていた恵子と違い、不良あがりだが出費を厳しく抑えるようにする良子に、龍造は意外な一面を見るような気がした。

やがて日本では、バブル景気がだんだんと盛り上がりをみせてきた。ただ、その渦中にいる者たちにバブル景気だという思いはない。

新同和会の杉本は、奈良に豪邸を構え、そこから車で北新地の事務所まで通うようになっていた。

車にはカラオケセットが装備され、行き帰りには歌を唄って稽古に余念がなかった。杉本は下戸だが、カラオケには目がなかった。

演歌歌手の後援会長にもついた。歌手から「会長、いまはゴルフ流行りですよ。一緒に行きましょうよ」と誘われたことをきっかけに、ゴルフもするようになった。コーチはアメリカのツアーで活躍した日本人プロゴルファーだ。さらに、売れっ子芸人のタニマチもやった。この芸人は関西の非人の出だったので、特に贔屓にして食わしてやっていた。

しかし龍造は、そんな贅沢にはまるで興味がなかった。何人かの女と、自由になる金がいくらかあればそれでいいと思っていた。

とはいえ、貯めこむタイプではない。

枝肉や生体牛の買い付けのついでに、東京をはじめ東北や九州各地に出かけては、土地の同業者らと会食し、クラブの女と呑むのが楽しみだった。少しでも仕事が絡んでいないと、遊びにも力が入らないタイプだった。

出張にはさすがに作業着では行けない。イタリア製の高級スーツをカワナンの川田萬が着ていたのを思い出し、水商売の女に好きに選ばせて、値段も確かめずに購入した。自分では何を着ていいのかわからなかったのだ。

出かけるたびに留守を預かっていた良子は、ついに別れ話を切り出した。

「正式に籍を入れてほしい。子供も欲しいから、龍ちゃんにその気がないんやったら、もう別れて」

そうはっきりと言われると、龍造も観念した。籍はともかく、子供は四人もいるから、これ以上つくらないと決めていたからだ。

「そうか。今まで悪かったな」

そうなると、他所(よそ)に女ができていたので話は早かった。良子には三〇〇〇万の手切れ金を渡して別れた。

良子の後には、新同和会の杉本から紹介された在日朝鮮人の税理士を入れたが、この男が優秀だった。いくら経理を厳格にし、仕事に慣れてきていたとはいっても、しょせん良子は素人(しろうと)だったのである。

同和利権を握り、共産党の味野とも関係を断った龍造は、ここぞとばかりに稼ぎまくった。

輸入牛肉を商社に流すだけでも金になったが、無賃乗車で和歌山に行ったりと少年時代から旅好きだったこともあって、自ら産地に出向いて牛の買い付けに走った。

産地で買い付けて、現地のとばで割って枝肉にして運ぶと、輸送費を差し引いても儲(もう)けになった。

産地で枝肉にすると、値段を三パーセントくらい引いてくれる。都市部のとばでは就労者の賃金が高いのでこうはならない。また生体牛を一頭買いしているので、内臓もすべて自分のものになる。手に入れた内臓はさっさと現地の焼肉屋に卸してしまう。

国内で飼育している和牛は、大量生産には向いていない。和牛農家はそれぞれ独自のノウハウをもち、飼育には手間と時間がかかるためだ。和牛以外の取扱いは商社の独壇場で、そうした肉は主にスーパーに出回る。輸入牛肉も格安スーパーでの販売が主だ。

新同和の杉本は、海外から輸入される生体牛の中に、競走馬のサラブレッドをまぎれ込ませたりもした。名目上は食肉用だが、日本で種馬にして一儲けしようというのだ。これにはさすがの龍造も、「ようやるの」と苦笑するしかなかった。

五等級の肉質になるとデパート、料亭、高級ステーキハウスなどに卸す。それを判断するには長年の経験がものをいう。商社のエリートには無理な話だ。

龍造はセリを待つ枝肉を一頭一頭確かめ、脂身を舐めて味見し、肉質を確認してからセリで落とした。これが結局、「肉質がいいのに割安」と取引先からの信用につながる。高級和牛は、キロあたりの単価が高い分、同じ量を運んでも利幅が大きい。

同和利権だけでなく、こうして高級和牛を専門に扱うことで、龍造は商社との競争にも負けないようにした。

路地なので税金は減免されていたし、行政との関係も新同和を通じて固めた。その頃の上原商店の年商は、実に五〇億に上った。

そこで龍造は、工場をさらに大きくすることにした。ちょうど堺で食肉工場が倒産し、競売にかけられることになった。この辺りで大きな不動産を動かしているのは、やはりカワナンの川田萬である。

川田に電話を入れると、川田は単刀直入に「今どこにおるんや」と訊ねてきた。

「更池の仕事場ですわ」

「ほんだら、うちの事務所で会おか」

川田は、相変わらずパリッとした高級スーツを身につけ、肌艶も良かった。輸入割当枠を奪った格好になったというのに、根に持つふうもなく、龍造に笑顔さえみせた。

「どないや商売は。好調みたいやの」

「はい、おかげさんで」

「ほんで今日はどないしたんな」

二人とも前置きなく、用件のみ話し合うタチだ。

「堺にある工場が倒産して、今度、競売にかけられるそうなんで、うちが落としたいんです」

「ほうか。店、広(ひろ)するんか」

「はい」

「わかった。ほんなら、その競売の資金もいるんやろ」

龍造は、変わらぬ川田の機転に感心した。

「まあ、そうです」

「ほんだら、とりあえずうちが落とすから、それからあんたとこに回すわ。ちょっと待っててや」

川田はその場で秘書に電話して、競売の担当者などに根回しするように言いつけた。とにかく仕事が早い。龍造も即実行の男だったが、レベルが違う。

数日後、建設に五億かけた工場は、わずか七〇〇〇万でカワナンに競(せ)り落とされ、しばらく経(た)つとそのまま龍造のものになった。

川田はたとえこういうときでも、路地の者から利息や手数料を一切とらない。競争相手はいない。カワナンが落とすという情報が出回ると、恐れて誰も入札に参加しないからだ。

その頃、静かに息を引き取った一人の男がいた。

元極道で、細々と電気屋をやりながら路地で暮らしていた山口武史だ。

たまに極道間にトラブルがあると、どの組にも属していない武史が調停役を買って出て、あっという間に収めてしまった。

「あの人はいったい、誰なんですか」

組の若い衆が訊くと、年配の組員は苦笑いしながら「更池の『人斬りのタケ』じゃ。あいつが出てきたらもうアカン。手ぇ引けや」と言うだけであった。

さらに解放同盟の教育担当をしていた武史は、路地の小中学生たちがグレて事件を起こすと真っ先に駆けつけ、決まって警察署内で生徒をシバキあげた。

それを見てびっくりした署員から「あとは任せまっさかい、そのへんでやめてくださいッ」という言葉を引き出すと、生徒を連れて路地へ帰る。

「どアホッ。ワシがおらんかったらお前ら、鑑別所いきやったんやど。その思いがなんでわからんのじゃ」

そう涙しながら諭した。これには路地の不良たちも神妙にするしかなかった。

路地の子らがいきがってパチンコ屋に出入りするようになると、スカウト役の極道たちから声がかかる。

「お前ら、どこのもんや」

「更池や」

それを聞いた極道の顔が歪んだ。

「そらアカン。ワシらが武史さんに怒られるさかい、お前らこれ終わったら、はよ帰ってくれ」

極道からそう頼まれるものだから、路地の子らもパチンコ屋には出入りできないようになっていった。これは教師たちの見回りよりもはるかに効果的だった。

そんな武史も、さすがに年齢には勝てない。体を壊した武史は家族に迷惑がかからないよう、解放同盟から紹介された老人ホームに移っていた。

武史は妻と娘に看取られながら、静かに逝った。最後は脳にまで癌が転移して、死ぬこともわからなかったのが、せめてもの救いだったとみな涙した。金や組織よりも、理想に生きた男であった。表に出ることを嫌っていたこともあって、その死を知る者は路地でも少なかった。

長屋にある武史の家に、龍造が黒塗りベンツで乗り付けると、龍造とあまり変わらないくらい若く見える武史の妻の直子が出迎えた。

「昔、世話になったもんです。ちょっと、線香だけあげさせてもらいまっさ」

龍造が照れくさそうに言うと、妻の直子は「ありがとうございます」と、涙をこぼしながら頭を下げた。

三〇万の入った香典袋を差し出しながら「知ったのがついこないだで、えろう来るのが遅うなって」と、妻に詫びた。妻は驚きつつも、厚みのある袋を受け取った。

龍造は、更池では誰もが知る成功者になっていた。細々と電気屋をやりながら、路地の不良たちの面倒を見ていた武史と、その対極にあるような龍造との間に交流があったことなど、武史の妻は今日まで知らなかった。武史も余計なことは言わなかった。

仏壇の前に座り、線香をあげると龍造は語り掛けた。

「ニイさんはとうとう、自分の理想を貫きはったなあ。オイらみたいなもんには、ニイさんがやりたかったことなんか、ぜんぜん理解でけんかったけど……」

龍造が感傷的になったのは、しかし、仏壇の前に座ったほんの一瞬だけだった。

すでに実家跡に三階建てのビルを建て、工場にしていた龍造が、さらに隣町にある大きな工場に移るという噂は、河内地方の食肉業者の間にまたたく間に広まった。

セリに来ていた龍造は、大阪一の規模を誇る津守のとばで、三代にわたってとばを守る社長の木下に声を掛けられた。

「龍ちゃんも偉うなったのう。新しい工場も堺にできるんやろ」

「よう知ってまんな。情報が早いでんな」

「そらそや。ほんで、なんぼで競り落としたんや」

「おっちゃんには敵わんな。七〇〇〇万ですわ」

「ほんでそれ、カワナンに借りたんやろ」

龍造は呆れて苦笑いした。

「そこまで知ってはるんでっか。どこで聞いてくるんでっか。ホンマ、地獄耳やなあ」

「当たりまえや。ワシは津守、張ってんねんで。それに競り落としたのはカワナンの子会社やねんから、それくらいわかるがな」

「そうでっか」

競売物件の情報までチェックしているのかと思いながらも、顔には出さず龍造は笑顔で答えた。

「ところでな。その七〇〇〇万、ワシが立てかえたるさかいに、カワナンにはすぐ返した方がええで」

龍造は訝しんだ。

「この世界は、信用が第一や。だからすぐに『ありがとうございました』言うて、返しとくんや。そしたら信用になるがな」

「なんでですの」

「それは、そうですな」

「ワシはあんたを見込んで貸すねん。返済はいつなっても構わん。せやけどカワナンにはキッチリ返さなアカン。それが、のちのちの信用になるんや」

「確かにそうでんな」

「明日には振り込むさかい、明後日(あさって)には返しに行き」

「そこまで社長にしてもらって、すんまへん」

「あんたのこと、若いころから見とるからな。解同ともつるまんと、ようやっとる。せやけど、利子はとんで」

龍造はそれを聞くと、再び苦笑いした。

堺の工場に移った龍造は、ついに従業員三〇人を抱える食肉工場の社長になった。

実家跡に建てたビルは、後輩がやっている肉屋に貸した。津守の木下社長に借りた七〇〇〇万も、三年で返すことができた。元は五億ほどかけた工場だったから、「安い買い物」である。

龍造の経営論は、いたってシンプルだった。

内では徹底的に帳簿を洗い、在庫はもちろん、小銭の間違いも見逃さなかった。景気が良くても、どんぶり勘定のために店をたたんだ業者を何人も見ていたからだ。

三〇人に増えた従業員も、その多くは流しの職人だから、一クセも二クセもある。ロース肉の塊をこっそりと持ち帰ったり、夜中に忍び込んで金庫ごと盗もうとした者までいた。金庫には常に数百万の金を入れていたのである。

また、取引では手形は断り、できるだけ現金商売に徹したから、得意先は優良な店ばかりになった。

しかし、それこそがバブルだった。ボロ儲けがそう、長く続くはずがない。

冷静に考えればそうなのだが、その渦中にいる者たちには思いも寄らぬことだった。

平成三年頃から、バブルのはじけたのが徐々に明らかになっていく。

この動きについていける業者は、そう多くはなかった。龍造とて同じだったが、それに気づかされる、小さな出来事があった。

うなるほどの金のやり場に困っていた龍造は、新同和会南大阪支部の副支部長をしていた河野守に一億ほど預けていたところが、河野が返済不能に陥ったのだ。

これはおかしい、何かあると思っていたら、やがてあれだけ売れていた高級部位のロースが売れなくなり、牛肉の消費が一気に冷え込んだ。

「食い物は絶対や」という龍造の信念が、初めて揺らいだ瞬間だった。

新同和会代表の杉本も、かつては北新地で一晩に一〇〇万も使っていたのが、いつの間にか事務所そのものをたたんでいた。

「こらアカン」

やがてセリで買い付けする現金さえなくなり、あっという間に上原商店は傾いた。借金はなかったが、代わりに牛を買う金もなくなったのである。

この急落に、さすがの龍造も「もうええわ。死んだろかい」と自殺を考えるほどだった。ミノルの後釜（あとがま）として、上原商店の捌きを取り仕切っていた長男の春彦は、こうした危機に対処するには線が細く、まだ二四歳と若すぎた。

このまま底までいって夜逃げするよりは、首をくった方がいい。同業者のように夜逃げするくらいなら、誰にも知られずに死んだ方がマシだと思ったのだ。

しかしその前に、できることはやっておく必要がある。

危機に陥った龍造が、最後にすがれるところといえば、やはりカワナンの川田萬しかいない。

卸の仕事すらなくなっていた上原商店は、カワナンの下請けをするようになってい
た。しかし、下請けばかり続けていれば、そのうちカワナンの傘下に入ってしまうこ
とになる。なんとしても独立を守らなければ、己の生きている意味がないとまで思い
詰めた。それには、当の川田に頼るしかない。

川田とて、バブル崩壊の余波を受けていた。しかし龍造から借金の申し入れがあっ
たとき、川田は一億五〇〇〇万を龍造に手渡した。龍造もそれだけの現ナマを見るの
は初めてだった。

「すんません、会長。この金は絶対に返しますんで」

龍造は、この状況でも、即金でこの額を用意できる川田の財力に改めて驚きながら、
頭を下げた。

「何いうてんねん、龍ちゃん。出世払いでええて。この前も七〇〇〇万、即金で返し
てくれたやろ。ワシ、そのとき偉いな思たで。ワシが金を貸してキチンと返してくれ
たのは、龍ちゃんくらいなもんや。だからワシは信用して、あんたにだけは貸すんや。
あの金は、津守の木下からやろ」

情報通の川田萬は、豪邸にいながらにして、大阪の路地の隅々まで知り尽くしてい
た。

「実はそうです。会長に迷惑かけたらアカン思て。やけど、その金はもう返し終わってます」

「それも知っとる。木下のオヤジ、あんたから利子もとったやろ。あの強欲オヤジにあんた、うまいこと騙(だま)されたんやで」

「…………」

「あんときワシは、水臭いやっちゃなと思った。あんたは真面目(まじめ)すぎるんや」

「はい」

「せやけどワシは、あんたのそんなところが気に入っとるんや。覚えてるか、初めて会うた頃のこと」

龍造はまだ一九で、川田萬は「川田商店」という小さな店を、親兄弟で切り盛りしていた。

「ワシ、あの頃から、あんたには一目おいてたんや。だからワシには利子なんか払う必要ないで。あんたに貸した金の利子は、国から払ってもらうさかいにな。心配せんで、仕事に励みや」

川田はニッと笑ってみせた。

川田に助けられてひと息ついた龍造だが、商売は一向に上向かない。そんなときに、龍造が入れあげていた女が福井にいた。

泊った旅館でコンパニオンを呼ぶと、自分の娘くらいの女がきた。その女、明美もどこか陰のある女で、そこから龍造は福井に通い詰めた。

恵子と正式に離婚したのも、経営が傾いていた頃のことだ。

龍造は、恵子と良子との二重生活の果てにすっかり疲れ切っていた。社交的で派手ずきな恵子が男と遊び歩き、そのたび怒り狂うのも、もう限界であった。

もはや仕事がここまで落ち込んだのだから、とにかく私生活を立て直さないことには、仕事に集中できない。精神的に荒(すさ)んでくるのがわかった。

恵子には月々二〇万支払うことを条件に、正式に別れた。良子にはあれほど拒んでいた子供も、明美とならつくってもいいとさえ思った。ここまで商売が冷え込むと、まずは家庭をもたないとダメだと感じたのだ。

快活な良子と違って、明美は若いのに落ち着いた雰囲気があったし、育ての親である叔母のマイがすがる占いで「この人を嫁にもろうたら、商売繁盛になる」と言われたこともあって、所帯をもつことにした。やがて子供も二人できたが、名前もマイの忠告に従って「神さん」に付けてもらった。

商売人が八方手を尽くした後にするのは、神頼みだけである。龍造は神棚を新しくしつらえ、仕事場にも神棚をつくり、毎日のように水器(すいき)の水を取り替えた。気が付けば、マイと同じように神さんに手を合わせるようになっていた。気が乱れると、そうして長いあいだ祈りを捧(ささ)げ、冷静さを取り戻すことに集中した。

とはいえ、神頼みだけで物事は動かない。次に龍造が頼ったのは、昔知り合った「占有屋」の海原銀次だった。

得意先は次々と支払い不能に陥り、夜逃げしていた。それらを差し押さえていくのは、もはや個人の力では無理だ。そこで銀次を頼ることにしたのだ。

「おう、ワシのこと覚えとったか。今は新同和の杉本(すぎもと)っさんところでやってんねんてな。やっぱりあんたは、堅気にしとくには惜しい。今からでもええから、うちとこに来えへんか」

笑いながらそう話す銀次の言葉に、龍造はさすがに苦笑するしかなかった。

「何いうてるんやニイさん。オレ、もう五〇でっせ。五〇過ぎて極道にはなれませんで」

「いや、だからワシらが初めて会うたときに、あんたが堅気から足洗(あろ)うて、ワシの手伝いしてくれてたらなと、今でも時々、思うんや」

「せやけどニイさんも、元気そうでんな」

「いやー、もうアカンわ。ワシ、もうすぐ八〇やで。そろそろ引退や」

「ほんだらニイさん、頼んます」

「よっしゃ、仕事の話しよか。ここに不渡りの書類、全部出してんか。あと危なそうなところのも全部や。こっちから潰して、そのまま占有する方が早いからな。あんたには三割や。それでええな」

「助かりますわ。よろしゅう頼んます」

互いに認め合っていたから、話は早かった。バブルが崩壊してからの方が、銀次は景気が良さそうだった。

銀次はその後、景気がさらに冷え込むと自己破産し、以前からもっていた僧侶（そうりょ）の名を名乗って高野山に移ったと噂された。改名するとまた金を回せるから、僧籍を取るのがその頃流行っていた。


しかし、まだどん底ではなかった。

次にＢＳＥ（牛海綿状脳症。いわゆる狂牛病）問題が起こったのだ。

これが業界を直撃した。

異常プリオンによって牛の脳が侵され、症状が進むと死に至る病気であった。

イギリスで、BSEが人にも感染する可能性が初めて認められたのが、平成八年のことだ。その病気が、ついに牛肉輸入自由化を進めていた日本にも上陸したのである。感染した牛の脳や脊髄などを原料とした飼料が牛に与えられたことで、イギリスでは感染が拡大していた。日本でも、平成一三年九月から八年間で三六頭の感染が確認された。

BSE感染がニュースになると、焼肉屋から客がいなくなり、牛丼チェーンで牛丼が出せない状態に陥った。

それだけではない。平成一四年をもって、時限立法であった同和対策事業特別措置法とそれに関連する特別措置法がすべて失効した。

つまり、BSEで食肉業界が打撃を受けている真っ最中に、国策による支援が一切なくなったのだ。

上原商店にも税務調査が入るようになった。龍造は追徴課税された二〇〇〇万を、川田萬から借りていた金で納付して乗り切った。

龍造は、ここが我慢のしどころだと思った。相変わらずカワナンの下請けをしながらの経営だったが、それでも仕事がない。

しかし龍造は、ここぞとばかりに北新地をはじめ東京銀座、仙台、熊本などに買い付けと称して遊びに行き始めた。川田から借りた金は、追徴課税分のほかにはほとんど手をつけていなかったのが、龍造の強みであった。

落ち目のときほど人間は心に余裕がなくなる。だからそんなときほどよく遊び、守るべきものをつくった方がいい。それが心の余裕と同時にプレッシャーとなる。龍造は最後まで、攻めの経営者であった。

BSE問題の渦中、カワナンはすでに勝負に出ていた。

国によるBSE対策の一環として始まった国産牛肉の在庫買い取りである。

カワナンはあらゆる食肉業者から、出荷できずに溜(た)まっていた在庫をたとえ輸入牛肉であっても段ボールごと買い取り、それを国産と偽って買い取り申請し、補助金を詐取(さしゅ)したのだ。

いわゆる「牛肉偽装事件」である。

カワナンは他社とも協力して段ボールごと地元の焼却施設で燃やした。この施設が建設されたときも、カワナンが一枚かんでいたことが幸いした。完全な証拠隠滅である。

これによって川田萬は、食肉業者に恩を売ったうえに莫大(ばくだい)な利益を得たのであった。

長年の利権に慣れた者たちにとって、冷え切った市場の中で生き残るには、制度を悪用するしか方策を見出(みいだ)せなかったのである。

大阪の路地ではもうカワナン以外に頼るところがなくなっていた。食肉という大阪の路地の地場産業が壊滅状態に陥り、それは解放同盟にも大きな影響を及ぼした。同和対策関連の法律が失効した平成一四年以降、同盟員の数は激減していた。金の切れ目が縁の切れ目である。

同和対策事業に深く食い込んでいた解放同盟について、利権にまつわるありとあらゆる情報が役人などから漏れだし、批判報道が相次ぐことになる。

その中心となったのが、カワナンの川田萬の同和スキャンダルだった。

カワナンによる牛肉偽装が発覚し、川田が逮捕されると、世間の非難は川田に集中する。

実際は大手の業者も同様のことをやっていたのだが、ターゲットは川田に絞られた。同和利権を快く思っていなかった役人などのリークが相次ぎ、以前から調査をしていた共産党のデータをもとに、マスコミによる批判が激しくなった。

その中心にいたのは、羽曳野の向野出身で共産党の重鎮であった味野友映(あじのともえ)である。

川田萬の写真を入手しようと駆け回っていた週刊誌記者を前に、味野は宿敵の写真をざっと並べて言い放った。

「どれでもええから持っていってや。一番人相が悪いの、選んだってやッ」

ここにきて時代は大きく変わった。同和タブーの崩壊である。

路地では生き残りをかけ、さまざまな動きが見られた。龍造と因縁のある武田剛三は、解放同盟の窓口役から退き、とばの社長になっていた。

剛三が役を降りると、龍造は、休眠状態だった新同和会からさっさと解放同盟に較替えした。

解放同盟内には、新同和会にいた龍造に批判的な者もいたが、同盟員が激減していた時代とあって、龍造ほどの店をもつ者が加盟を反対されることはなかった。そもそも同盟員数が激減したのも、もう解放同盟にいてもうま味がないと、路地の者たちが判断したためだ。龍造はその逆をいくことで、自らの生き残りをかけたのである。

＊　＊　＊

そして平成二三年三月一一日。

東日本大震災が起こり、福島の原発が爆発した。放出された放射性物質により、家畜の汚染も懸念された。

さらにここにきて、離農問題が表面化しつつあった。そのため一時は下落していた牛肉が高値に転じ始めた。これは震災の影響もある。人々が東北の牛を避けるようになったことに加え、畜産農家が減少したことで、市場に出回る牛肉の値段が上がってきたのだ。食肉に対する不安が増している中での高騰により、牛肉の需要が一気に冷え込んだ。

食肉の世界では、一〇年に一度、このようなどん底がくる。

だが、震災による放射能汚染など、龍造にとってはどうでもいいことだった。安い牛があるなら、それがどこであっても買いに行く。それが仲卸の仕事だと割り切っていた。

震災から三カ月ほどたったある日、龍造が東京市場のセリに出かけてみると、案の定、福島近辺の肉牛がだぶついていた。

たとえタダ同然で引き取ったとしても、出荷できなければ在庫となり保管費用がかさんでしまう。小売やレストランで産地を明記する動きがあったこともあり、値がつかなくなってしまったのだ。

売りに来ていた福島の業者は、泣いて仲卸に頼んだ。

「お願いします。いくらでもいいから、値段つけてくださいッ」

それでも皆、下を向いてしまう。

不況で苦しいのは、セリにきている仲卸もみな同じだ。

しかし、龍造はそれを見て、ふと「買うたろかな」と思った。

憐憫の情からではなく、己が今まで培ってきた勘が「ここは買え」と言っていたのだ。

こんなに安い枝肉がセリに出たのは、龍造の長い経験でも初めてのことだった。他所の産地ならキロ当たり一六〇〇円くらいの値がつくところ、福島近辺の牛は三五〇円くらいにまで下がっていたからだ。

龍造は勝負に出た。今日出た分すべてを買い占めようと思った。あとのことは、何とかなるだろう。

すると、それにつられてか、他にも値をつける者が出てくる。

振り返ると、カワナンのバイヤー、宇田新太郎だ。

「カワナンの古狸」の異名をとる宇田が、東京弁でひそひそと話しかけてきた。

「なんだ、龍ちゃんか。こんな牛、誰がいったい競ってるのかなと思ったよ」

「宇田さん、これ買うんでっか」

「うん、ぼくとこは福島のは、全部買おうと思ってる。しかし、君に競られると値が上がるから困ったな。二人しかいないんだから、競っちゃダメだよ」

龍造は苦笑いし、それからは阿吽(あうん)の呼吸で交互に買い付け、龍造だけで実に一五〇頭も競り落とした。セリが終わると、宇田は首の骨を鳴らしながら訊ねた。

「しかし龍ちゃん。福島の牛なんか買って、どうするの？」

「どないもこないも、これだけ安いの、ワシの人生の中でも初めてでっさかい、とにかく買えるだけ買うとこう思たんです」

「本当だねえ……。こんなに安いの、ぼくも初めてだよ」

龍造が大阪に戻ってしばらくすると、このとき競り落とした枝肉を適正価格で食肉流通団体が買い上げることになった。

「ワシの勘が働いたのは、これやったんか」

かつてない安値に正規の値がついたため、純益で五〇〇〇万円ほどの儲けになった。

「ワシの勘はまだ、鈍ってないなと思ったな」――。

龍造は、私に向かって、ぐいっと睨(にら)みながらそう言った。

基本的に手がたいが、賭博(とばく)性のある投資でも臆(おく)せず打って出る。己の才覚と腕一本でのし上がってきた者特有の自信が、六二歳の全身からみなぎっていた。

おわりに

私は取材で外に出るとき以外は、ほとんど自宅近くの仕事場で原稿を書いている。デスクトップのパソコンの後ろには、大きなコルク製のボードが置いてある。仕事の段取りを書いたメモを張るためで、そこには各原稿の〆切り(しめき)りや、編集者からのアドバイス、中には編集部からもらったものの使わなかったタクシー券もピンで留めてある。こういうものを軽々しく使ってはいけないという戒めだ。

不器用な私にとって、ノンフィクション作家という仕事はとてもではないが食べていける仕事ではない。時事問題を扱うのが苦手ということもあるし、もちろん努力の至らなさもある。

「せやからなんか売れるもん、書かなあきませんでっせ」

先日あった電話で、龍造は珍しく冗談ぽくそう言った。

電話の内容は主に私のことで「清原みたいになったらアカン」という話だった。清原というのは、西武と巨人にいた清原和博のことで、私が睡眠薬で自殺を図ったことがあるから、清原の覚醒剤中毒を連想したのだろう。

「ボクシングの渡辺二郎も、ミナミでようヤクザとつるんどった。ヤクザとは絶対に付き合うたらアカンど」

以前、群雄割拠していた極道たちと渡り合いながら店を大きくしていったことは横においた、龍造ならではの人生訓だと思った。ただ、それは実体験に基づいているだけに、矛盾していながら妙に説得力があった。

「そりゃ、売れるに越したことはないけどな。時事問題やと売れるんやろうけど」

苦しい言い訳を口にすると、龍造は「なんやそれ？」と訊いた。時事問題の「時事」の意味がわからないのだ。慌てて「今の問題のことや」と言い直すのだが、それでも意味がわからないようだ。

龍造は実質的に小学校低学年までしか学校に行っていないので、今も字の読み書きが苦手だ。この年代の路地の者では珍しくない。

「テレビで見たけど、今は不登校って言うんやてな。そういえばオイらも、小学校から学校行ってないから、不登校やってんなあと思った。せやから、今でも字の読み書きは苦手やもんな」

しかし私もなぜ、このような経済力のもてない職についたのかと時々、考えることがある。

もちろん、自分でなりたくてなったのだが、最近、そう思うことに自信を失くすことが多くなった。自分の意志とは違う、何かもっと大きなものに流されていたのではないかと思うようになったのだ。

中学生の頃、龍造に「将来、何になんねん」と訊ねられて、「何か書く人」とぶっきらぼうに答えたことがある。

「そんなんで食えるかい。乞食になるのがオチじゃ」

「それもええかもしれへんな」

テレビを見ながら何気なくそうつぶやいて、ふと横を見ると、龍造が憤怒で顔を真っ赤にして睨みつけていた。まさに私に襲いかかろうとしていた瞬間だった。

「龍ちゃん、堪忍したってッ。叩いたらアカン」

母の恵子もまた、異変に気づいてさっと龍造を抱きかかえた。

私はダッと自室へ逃げ込み、彼の暴力から逃れることができた。末っ子の私は、他の姉兄たちと違って、龍造から暴力を振るわれたことがなかったので、これには驚いた。龍造はドアの向こうで、声にならない声をあげて怒り狂っていた。

切った張ったを繰り返し、一代で更池一といわれる食肉工場を経営するまでになった龍造にとって、ホームレスなどただの怠け者であり、冗談とはいえ、息子がそうした生き方を肯定したことは許しがたいことだったのだ。

龍造の話を聞くのは、たいてい路地にある工場の二階だった。一階の工場は他の食肉卸業者に貸しているが、基本的な構造は昔のままだ。ここは彼の実家跡でもあり、龍造の叔母で育ての親でもあるマイが「ミーサンが出る」と言って神棚を祀っていたところだ。ミーサンとは蛇のことで、河内では蛇を神の化身とする信仰がある。

昭和四八年七月六日、私は路地の団地の一階で生まれた。姉と兄二人の六人家族だった。だから私の記憶は、家族六人で路地の団地に暮らしていたところから始まる。

私が生まれたとき、龍造はまだ二四歳だった。二四歳で四人の子供をもつプレッシャーはかなり大きかったようで、これを機に捌きに専念している。

団地には夜遅くに帰ってきて、朝は早くに出かける。母も仕事を手伝っていたから、私はよく最後まで保育所に残されていた。夜の保育所は薄気味悪く、保育士も「まだ帰ってけえへんなあ」と、ため息をついていた。私は保育士に悪いなと思っていたことを覚えている。

しかし龍造は、休日には遊びに連れていってくれたし、どちらかというと子煩悩(こぼんのう)ではなかったかとも思う。

龍造が家をあけるようになったのは、羽曳野(はびきの)市の一般地区に引っ越してからのことで、私が小学校一年生のときだった。

引っ越しは、叔母のマイの「ムラになんかおったら、一生、差別されてまうから」という助言を聞き入れたからだが、母が一般地区の人であるという事情もあっただろう。

もっとも、路地の団地の住人の結束力は今からでは考えられないほど強く、母が晩年になってもその付き合いは続いていた。私と次兄も、引っ越してしばらくはよく連れだって路地に遊びに行っていた。長兄などは結局、路地に戻って家を建てて現在も住んでいる。ここで生まれた者にとって、他所(よそ)から差別されようとも、路地は居心地の良い故郷なのである。

羽曳野では初めての一軒家で、ベッドもついていた。私たちはベッドの上ではねて喜んだ。それまでは兄たちは二段ベッド、姉は布団、私は母と寝ていたからだ。

しかしその家に、龍造が帰ることは滅多になかった。

まだ七、八歳と幼かった私は、龍造が帰らなくなったある日、母に「お父ちゃんはどこに行ったん」と訊いた。すると母は、怒ったように、「仕事でホテルに泊まってるわ」と言うのだった。

当時の私は、ホテルなど泊まったことがなかったので、テレビで見るような豪奢な建物を思い浮かべて、自分も早くホテルというものに泊まってみたいと思うようになった。

やがて母も他の男とデートするようになり、それに私もよく付き合わされた。自戒も込めて思うのだが、なぜ大人というのは、愛人とのデートに子供を連れて行くのだろう。自分のすべてを子供に認めてもらいたい、という無意識からきているのだろうか。

母は龍造のような口下手な職人が好きだった。食肉卸の者はもちろん、大工など職人との付き合いが多かった。中には私の同級生の父親もいたので、それがわかったときは同級生同士、なんとも気まずい思いをしたものだ。河内という土地は、どこまでも狭いと思った。

母に男ができたときの龍造の狂いようは、大袈裟でなく阿修羅のようだった。テレビのブラウン管に拳を叩きつけて破壊し、半狂乱になり包丁を持ち出した母を返り討ちにして刺したこともあった。そのとき私は小学六年生で、血が噴き出た手を抱える母と救急車に乗ったこともある。

たまに帰ってきたなと思ったら、寝ぼけて「うるさいなあ」と言っただけの兄を何度も叩き、ついには壁に拳で穴をあけてしまった。

だから龍造と母の喧嘩は、まさに阿鼻叫喚の地獄絵図さながらだった。獣のような叫び声が階下から聞こえると、私と姉兄はじっと息をひそめて終わるのを待った。

私は思った。自分が大人になったら、このような喧嘩だけはするまいと。喧嘩するくらいなら、別れてしまった方がよほどいい。ただそのときはまだ、付き合うより別れる方が大変だということを知らなかった。

若い頃の私は、龍造のようになりたくなくて、ひたすら感情を抑え込んでいたように思う。中学まではうまくコントロールできなかったため、私は暴力的な不良と見られるようになった。

やがて私と母が暮らす家は、兄たちの不良仲間のたまり場になっていく。不良仲間の多くは、近くにある児童養護施設の少年たちであった。

姉や兄たちは中学を出ると、すぐに就職して家を出て行った。私はそれが羨ましくてならなかった。当時小学生だった私は、自分が中学を卒業したら家を出るなど、夢のようなことだと思っていた。

私が中学に上がると、次兄が少女にいたずらをするようになる。被害者には私の同級生もいたので、私は次第に学校に寄り付かなくなり、そのたびに担任が呼びに来た。それは次兄なりの、龍造に対する復讐だったのかもしれない。

引っ越しもしょっちゅうで、理由は母が龍造から逃げるためであったが、結局はすぐによりを戻した。私はそのような大人たちの狂態を見て、理解に苦しんだ。

もちろん、今なら彼らを理解できる。なぜ、母が龍造と完全に別れられなかったのか。龍造がなぜ、あれほど荒れ狂っていたのか。

母にとって龍造は、いってみれば理想の男であった。そして二人にとって、互いの存在は青春そのものであった。

だから、互いに愛人をつくっても関係を切ることができず、愛憎相半ばする狂態を見せるようになる。そして育ての親に捨てられた心の傷は、龍造を悪鬼のように怒り狂わすことになる。

しかし、まだそのような事情が呑み込めない幼子だった私は、ひたすら耐えるだけだった。成人して頭では理解できるようになった今でも、その悪夢に悩まされることがある。

また龍造は、上原家では唯一の男児だった。そのため甘やかされて育ったこともあり、とにかく我儘で、人の言うことを聞かない人であった。

反面、すごく素直なところもある。食肉の世界については頑固だが、自分の知らない世界についていては感心して話を聞く。

だから、私の仕事に対して「もう少し売れなアカン」と意見したのは、非常に珍しいことで、龍造なりに心配してのことだとわかった。

高校に上がっても、家は相変わらずの修羅場だった。今度は龍造の代わりに、母の愛人が出入りして、その人が暴れたりしたからだ。高校を出たら家を出て、好き勝手にやらせてもらおうと思っていた。

とはいえ三度も停学処分を受けていたから、まだ中学生の頃の不良気分が抜け切れていなかった。このままではとても卒業できないと思い、勉強は落第しない程度にして、あとはクラブ活動でやり場のない思いを発散させていた。どれも長続きはしなかったが、柔道からはじまり、水泳、陸上競技と体を動かしていると、その間は家のことを忘れることができた。そして高校を出たら、いっそのこと遠く海外で暮らそうと考えていた。そうすれば家族とも縁が切れると思ったのだ。

しかし、私は大学に進むことになる。冗談半分にやっていた陸上の円盤投げで、全国ランキングに入り、スポーツ推薦で大学に進学できることになったのだ。私に才能があったわけではなく、単に競技人口が少なかったからだ。大阪の体育大学に進み、私はとうとう、姉兄三人が果たせなかった高校を卒業し、なおかつ体育専門とはいえ大学まで行くことができたのだった。

しかし、体育大学のスポーツ・エリートたちとは、まったく合わなかった。同学年の私以外の者はみな、中学時代からの知り合いだったが、私だけ誰も知らない。幼少期からスポーツに取り組むことができた彼らとはしょせん、育ちが違うのだ。私は大学の暗い資料室で、淡々と文献を読んで過ごすことによって卒業を待った。

私が大学に進んだ頃、龍造はようやく母と縁を切ることができた。私もそれを喜んだ。母親っ子だった私は、母を殴っていた龍造を憎み、大学卒業後は龍造との交流も途絶えた。

とはいえ、大学への進学も、龍造の財力がなければ無理だった。しかし感謝の念もないまま、大学を出るとそのままアメリカへと飛んだのである。龍造は、家族への愛情を金でしか表現できなかったし、まだ若かった私も、それに素直に応えることには抵抗があったのである。

私が学生結婚したのも、やはり自分の家が欲しかったからである。平穏な家族というものをもちたくて、二〇歳で結婚したのだった。娘が生まれたのは、大学卒業時であった。しかし、私はせっかく得た妻子を置いて、単身アメリカへ渡ってしまった。この矛盾した行動は、龍造から逃れるためだったのかもしれない。

しかし結局、私は龍造とほとんど同じ道を歩むことになる。商売が軌道にのると龍造は他の女のもとに通うようになったが、私もやがて他の女のもとに通うようになり、あれだけ夢見た家庭も潰えることになる。

私は母の影響を強く受けたので、見栄っ張りで金遣いが荒い。だから職人気質なところは龍造から、金遣いの荒さと読書好きなところは、母から受け継いだのだと思う。

母は平成一一年、五三歳で他界した。糖尿病から脳梗塞、心筋梗塞を起こし、最期は口腔ガンだった。ガンは不運だったと思うが、どちらかというと不摂生を続けることによる、緩慢な自殺だったと思う。

食肉業界の現今について、景気が冷え切っているというのはニュースで知っていた。和牛が、未曾有の高騰を続けているのだ。主な原因は生産農家の減少にあった。若者の農業離れは以前からあったが、農家の担い手の高齢化に伴って離農するところが増えてきた。

生産農家の減少が子牛の価格上昇を招き、肥育農家も採算がとれなくなっている。こうした悪循環が、和牛価格の高騰につながっていた。価格が高騰すれば買い控えが始まる。

さらに更池の屠場も、閉鎖に追い込まれていた。

屠場の経営危機は、ずいぶん以前から囁かれていた。畜産農家のある地方で割って、枝肉にし、都市部へ運ぶ方式が盛んになってきたためだ。それまでは生体、つまり生きた牛を全国各地から大阪まで運んできて割っていたのが、大阪郊外の都市化が進むと、地方で割って運ぶ方が危険も少なく安価なため、全国的にそうした方向になっていったのだ。

更池の屠場は莫大な赤字を抱え、そのまま倒産してしまった。これ以上の赤字は避けなければならないから、当然のなりゆきであった。

しかし、龍造は違った。

「剛三がとばの社長になって食いもんにしたから、とばが潰れたんじゃ」

そう言って憚らなかった。更池の屠場はいったん市営になり、従業員も公務員化されたのだが、多額の負債のため再び民営化されていた。その社長に、因縁の相手である武田剛三がついていたのだ。

一方で、隣の向野の市営屠場が、今でも細々とではあるが操業を続けていることを考えれば、その違いは経営手法はもちろんだが、地元住民の意識にあるともいえる。

大雑把にいえば、向野の屠場は川田萬の絶大な影響力でつぶれずにすんだのだ。補塡にしろ補償にしろ、それを行政から引き出せる人物が地元にいるか否かである。食肉を地場産業にもつ路地にとって、屠場を潰さないということは、そのまま屠場に関わる労働者を保護することになり、結果的に地元の利益につながるのである。たとえ同和勢力が分裂していても、向野はそうした地元の力が強い。一方、更池の経営者たちは、目先の銭にしか目がいかなかったといえる。

しかし、私はこれを卑下して言っているのではない。向野を羨ましいと思うことはあっても、更池のことを私は嫌いにはなれない。更池はいつの時代も、愛すべき河内のまるで駄目な路地なのである。私たちはどこにいても、更池の子なのだ。

とはいえ、更池も寂しくなった。かつてはそこかしこにあった肉店はほとんど壊滅し、数軒ほどがかろうじて残っているに過ぎない。新築の家も建っているが、そこが路地であることを知って出ていく人もいる。

路地といっても、何かが違うということはない。かつてのように八割の住民が食肉の仕事に就いていた頃なら、ずらりと通りに並べられた巨大な枝肉、そして屠場から流れてくる臭気と騒音が、ここは路地だと周囲に知らしめていたものだが、それも昔話となった。

団地は老朽化し、空き地が広がって廃屋がそこかしこに残っているだけの、地方によくある少子高齢化の進んだわびしい住宅街となっている。

上原商店の現在については、よく知らない。知っているのは、龍造の息子や娘、さらにはその孫までもが上原商店で働いているということくらいだ。

中規模の食肉工場とはいえ、このような身内ばかりの経営だと、普通は傾くものだが、相変わらず龍造の突破力はズバ抜けている。龍造は会長となり、長兄の春彦が社長に就いた。

私も東京に越してからは、龍造が時々送ってくれる肉以外は、牛肉を口にする日も少なくなった。東京の牛肉は、大阪よりも割高なために、口にしたくてもなかなかできない。

私は最初、大阪で所帯をもったが、ひとところに落ち着くことなく、その後もさまざまな女性と暮らした。龍造も二つの所帯に計六人の子をもうけたが、私も二つの所帯に計四人の子をもうけた。

形だけ見れば、龍造のあとを追っているように見えるかもしれないし、実際にそうなのかもしれない。ただ違うのは、私には龍造のような甲斐性(かいしょう)、つまり「稼ぎ」が少ないということで、それはかなり決定的な違いであった。

「甲斐性もないのに、子供ばっかりつくるなよ」

龍造は何度か、私にそう苦言を呈したことがある。

確かに金もないのに、なぜ昔の貧乏所帯のように子をもうけてしまうのか、私にもよくわからなかった。頑(かたく)なに再婚を拒んだ時期もあったのだが、自殺未遂を引き起こした後の私は、孤独な生活にすっかり怖気(おじけ)づいてしまったのだった。

当初は家庭というものに憧(あこが)れがあって、それで学生結婚をしたのだが、そこでも落ち着けず、東京に出てからも転々として、結局は、東京郊外の借家で所帯をもった。

甲斐性を除けば龍造と同じような生き方であった。違う点は、私が金の儲(もう)け方を知らず、また知りたいとも思わないところくらいだろう。逆に金を儲けることを拒んでいたといえるかもしれない。

それは龍造への反抗心だったのかもしれないし、私の性格なのかもしれない。手に入った金をすぐに遣ってしまう性分も、どこか因果な部分があるなと感じていた。

母もまた、龍造からの仕送りが途絶えてのち、生活保護を受けて困窮のうちに亡くなった。だから実際のところ、私の浪費癖と生活力のなさは母に似ているようだ。

しかしもはや、それらを龍造や母の因果とするには、私もさすがに歳をとり過ぎた。もしそうした因果があったとしても、それは単にきっかけだっただけで、やっぱりこれは、私の後先考えない性根のせいなのだと思う。

仙台に取材で出向いたとき、ふと思い立って龍造の女が出したという店に立ち寄ったことがある。単純な好奇心からだったが、私が名乗ると、女はすぐに理解した。龍造には六人の子があることを、本人から聞いて知っていたようだ。

「そうねえ、龍ちゃんは、とってもマメ。いつも金は大丈夫かとか、すごく心配してくれるの。お金だけじゃなくて、すごくやさしい。だから今でもこっちに来たら会いに行くしね」

それは意外な一面だった。

家族にとっては、恐ろしい男だったからだ。気に食わないことがあると、そこら辺にあるものを投げつけ、一升瓶を傍らに周りを睥睨（へいげい）した。ほとんど家に寄りつかない日が続いたかと思ったら、毎日のようにやってくることもあり、いつ来るのか予想がつかなかった。少なくとも私たちは、龍造が来るのを戦々恐々として待っていた。

母はそれでも、長いあいだ龍造に靴下をはかせてやっていた。私は、靴下をようやく自分ではけるようになったときだったので、不思議に思ってそれを見ていた。中学生くらいのとき、母に若い時の龍造はどんな男だったのか訊ねると、意外にも「何でもやってくれたんよ」と答えるのだった。

仙台のその店で支払いをすませようとすると、「龍ちゃんからもらってますから」と言って、女は決して受け取ろうとしなかった。おそらく、龍造から連絡がいっていたのだろう。私は、龍造のそうした商売人特有の細やかな気の回し方にもいちいち驚かされた。

龍造はなぜ、身内にもそうした態度で接することができなかったのだろう。いや、身内ではないからこそ、こうした柔らかな態度でいられるのかもしれない。身内だからこそ、己の狂態を見せられたのかもしれない。

ただ、龍造と過ごした時間が短いということもあって、私は父のことをよく知らなかった。こうして物語を書いていても、どこか知り合いのおじさんのことを書いているかのような、違和感がついてまわった。

龍造と連絡を取り合うようになったのは、大学を出て一五年ほども経った頃だ。龍造と関係することで、それまで作り上げてきた「私」という脆弱な存在が駄目になりそうな気がして、一切の関係を断ってきた。その間に、龍造が再婚した妻との間に二児をもうけていたことは姉から聞いていたし、姉兄全員が龍造の下で働くことになったのも知っていた。仕事上で龍造の影響を受けていないのは、私だけであった。しかし、やがて自分のことを書くには、龍造のことを書かなければならないと悟った。それは私が三五歳くらいのときだった。

私は物書きになることで龍造から独立できたのだが、再会するのもまた、物書きになったがゆえのことであった。もし他の仕事をしていたら、再会する必要を感じないまま過ごしたかもしれない。

龍造は、私がいずれ戻るであろうと予想していたようだった。連絡をとると、もう長い間会っていないことは気にしなかった。

「飯でも食いにいこか」

大阪で飯を食いにいくのは、きまって天王寺近くの新世界か、更池の安い食堂だった。私も幼い頃に連れて行かれたところであり、また龍造自らも幼い頃から出入りしていたところである。

「ワレらの母親は金遣いが荒くてな、別れてからようやく銭が貯まるようになったんや」

龍造は今でも、母のことをこう言ってなじる。龍造の経済状態がよくなったのは同和利権もあったからだし、また母と別れるようになったのは龍造の女性関係のせいでもあったのだが、当人には考えも及ばないようだった。

しかし私もまた、同じようなものであった。

自分一人でマスコミにおける同和タブーを切り拓いてきたつもりであったが、現実には平成一四年にいわゆる同和対策関連の一連の法律が失効したことが大きかった。夢みた家庭を自らの手で壊したのもまた、自分であった。龍造を見ていると、その手前勝手さと強引なところは、まるで鏡を見ているかのようだと薄気味悪くなる。

龍造の昔話を聞いていると、「本当かな」と思うことが数多くあった。例えば少年時代、包丁をもってヤクザを追いかけまわしたという話だ。

私の知っている若い頃の龍造は、何でも誇大に言う癖があった。河内という泥臭いところでは、龍造に限らずみな、誇大にものを言う風土があった。だから最初は、地方のワンマン社長によくある一種の自慢話だろうと聞き流していた。

しかし、近隣の人々にいろいろと話を聞いていくうちに、この話が路地では有名な話であることがわかった。

以前、松原市役所に勤めていた川谷純夫という人に話を聞いたとき、父のことを少し訊ねてみたことがある。龍造が独立するときに申請に行った同和融資の件で、窓口を担当していた人だ。このとき因縁の相手、武田剛三を通さねばならないと川谷から説明を受けた龍造は、怒って席を立っている。

「若い頃はやんちゃという話でしたが」と言うと、彼は驚いて言った。

「やんちゃどころか、あれは本物やったね。あの人はすごい。とにかくカッときたら、相手が誰であっても見境なかった。融資のときも、解放同盟の武田剛三さんが気に入らんっていう理由だけで、新同和に入ったでしょう。あそこは右翼でヤクザやっとったからね。まあ、えらい人でしたわ」

龍造から聞いた話は、できる限り一つひとつ路地の人々に確認していった。それで明らかになったのは、龍造が自分について、誇張するどころか淡々と事実を話していたことだった。母の悪癖を延々と言ったりする独善的なところを除けば、誇張どころか若い頃の話については恥じて、控えめに言っているふうであった。

独立した頃の写真が、一葉のこっている。龍造が独りで松原屠場に枝肉を仕入れに来ていた時のもので、ちょうど屠場を撮影していた写真家の本橋成一氏によって偶然、切り取られたシーンだ。写っているのは後ろ姿だが、青年らしい躍動感がある。私は少年の頃、肉の配達を手伝っていて、得意先の人から「あんたのお父ちゃんは、悪い人らとつき合ってるのう」と言われることになるのだが、これはまだそれ以前の、何者かになろうとあがいていた龍造の後ろ姿である（二九〇ページ参照）。

私の次兄は成人すると、龍造に復讐するかのように性犯罪を繰り返して下獄した。周囲の者も、復讐と言わないまでも、龍造によって崩壊した家庭のせいだと受け取っていた。

しかし最近、私は、あれは復讐ではなかったのではないかと思うようになった。

私が自殺未遂を起こしたとき、真っ先に連絡がいったのが龍造のところであった。私はなんとなく大阪にいる妻子に連絡がいくと思っていたのだが、離婚していたため、警察は龍造に連絡したのだった。

私は三日ほど昏睡状態のまま、東京の病院のベッドで過ごした。そして時々、意識を取り戻した。意識があった時のことはよく覚えているのだが、龍造が立っていたので、私は不思議な感じがした。臨死体験では、母方の祖母が出てきたから、それが夢ではないとわかっていた。

龍造は私に、「わかるか?」と話しかけてきたが、私は口から気管挿管されていたので声が出せなかった。すると出し抜けに龍造が言った。

「これはアカンわッ」

運ばれてきたときはすでに瞳孔反射もなかったので、病院では五分五分だと言われていたのだろう。こんな状態の中、私はムッとした。目の前で「もうアカンわ」などと言われたものだから、「何がアカンねん」と不機嫌になりながら、私はまた意識を失った。

今になって思うのだが、次兄が罪を犯したのは、実は復讐ではなかったのではないだろうか。私自身は罪を犯したわけではないが、騒動を引き起こし、甲斐性もないのに四人の子をもうけている。そうなってみて、私は初めて、次兄の思いを悟ったような気がする。

龍造に迷惑をかけて申し訳ないと思いつつも、私は事を起こしてしまった。次兄もまた、同じように申し訳ないと思っていたのではないか。私たちは龍造に復讐しようと思ったのではなく、少しでも、父としてこちらを向いて欲しかったのではないだろうか。

私たちのねじれた愛情表現は、ときに犯罪となり、事件となった。そうでもしないと、父が本気で心配してくれないと感じていたのかもしれない。たとえねじれた愛情表現だったとしても、父に本気でこちらを向いてもらうには、私たちはそうするしかなかったのだ。

父と和解できたとき、不思議とこれでもう思い残すことはないと思った。事件を起こすときも、はっきりとそう思ったことを覚えている。だからこうして生きながらえて、父とその故郷のことを書けたのだ。

書き終えてはっきり思ったのは、私たちは、どこに住もうが更池の子であるということだ。

更池という地名はもう残っていない。かつて路地がなくなれば、人に蔑(さげす)まれることもなくなると考えられた時代もあった。今もそう考える人は少なくない。しかし逆説的なようだが、更池の子らが故郷を誇りに思えば思うほど、路地は路地でなくなっていくのではないだろうか。

55
7

本橋成一撮影「屠場」

本書は二〇一七年六月新潮社より刊行されました。本文中、差別語が書かれている箇所がありますが、それらは当時の時代的背景や差別の実相を描写するためであり、差別意識の助長を意図したものではありません。編集部

沢木耕太郎著
人の砂漠

一体のミイラと英語まじりのノートを残して餓死した老女を探る「おばあさんが死んだ」等、社会の片隅に生きる人々をみつめたルポ。

沢木耕太郎著
一瞬の夏（上・下）

非運の天才ボクサーの再起に自らの人生を賭けた男たちのドラマを〝私ノンフィクション〟の手法で描く第一回新田次郎文学賞受賞作。

沢木耕太郎著
バーボン・ストリート
講談社エッセイ賞受賞

ニュージャーナリズムの旗手が、バーボングラスを傾けながら贈るスポーツ、贅沢、賭け事、映画などについての珠玉のエッセイ15編。

沢木耕太郎著
チェーン・スモーキング

古書店で、公衆電話で、深夜のタクシーで――同時代人の息遣いを伝えるエピソードの連鎖が、極上の短篇小説を思わせるエッセイ15篇。

沢木耕太郎著
ポーカー・フェース

これぞエッセイ、知らぬ間に意外な場所へと運ばれる語りの芳醇に酔う13篇。鮨屋の大将の教え、酒場の粋からバカラの華まで――。

沢木耕太郎著
檀

愛人との暮しを綴って逝った「火宅の人」檀一雄。その夫人への一年余に及ぶ取材が紡ぎ出す「作家の妻」30年の愛の痛みと真実。

「選択」編集部編

日本の聖域（サンクチュアリ）

この国の中枢を支える26の組織や制度のアンタッチャブルな裏面に迫り、知られざる素顔を暴く。会員制情報誌「選択」の名物連載。

「選択」編集部編

日本の聖域（サンクチュアリ） アンタッチャブル

「知らなかった」ではすまされない、この国に巣食う闇。既存メディアが触れられないタブーに挑む会員制情報誌の名物連載第二弾。

「選択」編集部編

日本の聖域（サンクチュアリ） ザ・タブー

大手メディアに蔓延する萎縮、忖度（そんたく）、自主規制。彼らが避けて触れない対象にメスを入れる会員制情報誌の名物連載シリーズ第三弾。

「選択」編集部編

日本の聖域（サンクチュアリ） クライシス

事実を歪曲し、権力に不都合な真実には沈黙する大メディアが報じない諸問題の実相を暴く人気シリーズ第四弾。文庫オリジナル。

「選択」編集部編

日本の聖域（サンクチュアリ） シークレット

「がん告知」の闇から安倍首相「私邸」まで。この国の秘密の領域に鋭く斬りこむ会員制情報誌の名物連載第五弾。文庫オリジナル。

忌野清志郎著

ロックで独立する方法

夢と現実には桁違いのギャップがある。そこでキミは〈独立〉を勝ちとれるか。不世出のバンドマン・忌野清志郎の熱いメッセージ。

増田俊也著

木村政彦はなぜ力道山を殺さなかったのか（上・下）

大宅壮一ノンフィクション賞・新潮ドキュメント賞受賞

柔道史上最強と謳われた木村政彦は力道山との一戦で表舞台から姿を消す。木村は本当に負けたのか。戦後スポーツ史最大の謎に迫る。

NHKスペシャル取材班著

日本海軍400時間の証言

―軍令部・参謀たちが語った敗戦―

開戦の真相、特攻への道、戦犯裁判。「海軍反省会」録音に刻まれた肉声から、海軍、そして日本組織の本質的な問題点が浮かび上がる。

NHKスペシャル取材班著

老後破産

―長寿という悪夢―

年金生活は些細なきっかけで崩壊する！　誰もが他人事ではいられない、思いもしなかった過酷な現実を克明に描いた衝撃のルポ。

NHKスペシャル取材班著

超常現象

―科学者たちの挑戦―

幽霊、生まれ変わり、幽体離脱、ユリ・ゲラー……。人類はどこまで超常現象の正体に迫れるか。最先端の科学で徹底的に検証する。

NHKスペシャル取材班著

未解決事件

グリコ・森永事件捜査員300人の証言

警察はなぜ敗北したのか。元捜査関係者たちが重い口を開く。無念の証言と極秘資料をもとに、史上空前の劇場型犯罪の深層に迫る。

NHKスペシャル取材班著

少年ゲリラ兵の告白

―陸軍中野学校が作った沖縄秘密部隊―

太平洋戦争で地上戦の舞台となった沖縄。そこに実際に敵を殺し、友の死を目の当たりにした10代半ばの少年たちの部隊があった。

路地の子

新潮文庫 う-23-2

令和二年八月一日発行

著者 上原善広

発行者 佐藤隆信

発行所 株式会社 新潮社

郵便番号 一六二―八七一一
東京都新宿区矢来町七一
電話 編集部(〇三)三二六六―五四四〇
読者係(〇三)三二六六―五一一一
https://www.shinchosha.co.jp

価格はカバーに表示してあります。

印刷・錦明印刷株式会社　製本・錦明印刷株式会社

ISBN978-4-10-120687-5 C0193